精霊地界物語

登場人物紹介
タイターリス
腕のたつイケメン冒険者。「精霊の呪い」に対抗する方法を知っているらしい。
リール
エリーゼの弟で、天才魔法使い。口は悪いが、姉のエリーゼを心配している。
エリーゼ
何者かに殺され、異世界に転生した元・女子高生。憧れの冒険者となるが、「精霊の呪い」と呼ばれる厄介な能力に悩まされる。

ハイワーズ家の人々
◀アラルド
エリーゼの父。ハイワーズ準男爵家の現当主。完璧な容姿と優雅な所作で人を魅了する。
アイリス▶
エリーゼの母。平凡な容姿だが、なぜかアラルドに溺愛されている。
▲エイブリー
長兄。騎士団に所属。父に似た美貌だが、無表情で威圧的。
▲カロリーナ
長女。父に似た美貌と、色気を兼ね備えている。
▲ステファン
次兄。美貌だが、両親には似ていないため劣等感を抱いている。

目次

プロローグ　すべてのはじまり

少女は高校のホームルームが終わると、急ぎ足で教室を出た。その日はたまたま、母から用事を頼まれていたのだ。いつも一緒に帰宅する友人たちを残し、一人で校門へ向かう。

ペンキの剥《は》がれかけた校門のそばに、常にはない影が落ちていることに少女は気づかなかった。

少女はその影の主に、背後から身体を刺し貫《つらぬ》かれた。

「な、んで」

少女は腹を見下ろした。だが目が霞《かす》んでいて、右脇腹から突き出る刃先が見えない。

鉄に似た匂いがする。そう思った直後、身体が膝から崩れ落ちた。腹が燃えるように熱い。

(息が、苦しい)

少女は浅い息を小刻みに繰り返して、歩道のタイルに頬《ほお》を擦《こす》りつけた。

身体が動かないので、犯人の顔を見ることはできない。けれど背後から、黒々とした影が伸びているのはわかった。それがゆらりと動くと、少女の背中から凶器が引き抜かれた。焼けつくような痛みを感じて、少女は声にならない悲鳴をあげる。

犯人が、校舎のほうへ足を向ける気配がした。

（殺されるほど悪いことなんて、私はしていない）
だから、きっと無差別殺人者なのだろうと少女は思った。
すでに痛みは感じなくなっている。自分はもう助からないと直感した。
そのせいかもしれない、不思議と勇気のようなものが出てきたのは。
「人殺しぃいいいい!!」
残りの力を振り絞《しぼ》って叫んだ。
帰宅のため校門に向かっているであろう、学友たちを守るために。
だが声が届いたのかはわからない。
叫び終えたあと一呼吸すると、少女の意識はふつりと途絶えた。

第一章　美しい家族

飛び起きると、ベッドの上だった。エリーゼは、また前世で殺された時の夢を見ていたことに気づき、呆然とする。視界にあるのは破れた壁紙に、煤《すす》けた床。窓を見ると、冷や汗が玉のように浮かぶ自分の顔が映っていた。異世界に転生して五年が経っている。新しい顔も、もう見慣れていた。

（赤い髪と目……）

白い肌に小さな鼻、細い顎《あご》。日本人とはかけ離れた顔立ち。肩に垂れる髪の毛先をしばし弄《もてあそ》んでいたが、やがてベッドから降りた。朝食をとらねばならない。

クローゼットから、姉のお下がりの洋服を出して身につける。毛羽《けば》立《だ》った絨毯《じゅうたん》の上を歩いて扉に向かった。

扉を開くと蝶番《ちょうつがい》が大きな音を立てたので、エリーゼはどきりとした。耳を澄まし、人の気配がないことを確認して部屋から出る。足音を忍ばせて階段を下り、食堂へ向かった。

食堂の前にたどりつくと、中から話し声が聞こえてくる。なぜか生まれつき理解できていた、異世界の言語。重い扉を開けてエリーゼが入ると、話し声がやんだ。

五つの視線が彼女に集中する。視線の主であるエリーゼの家族たちは、みな目を瞠《みは》るほど美しい。彼らに感情のない眼で見すえられ、エリーゼは入り口で立ち止まった。

「おはよう、エリーゼ」

甘やかな微笑みを浮かべてそう言ったのは、食堂の最奥に座る父――ハイワーズ準男爵家当主アラルド・アラルド・ハイワーズだ。

「アラルド」は屋敷を建てた曽祖父の名で、父はファーストネームとミドルネームの両方とも彼にあやかったようだ。ちなみに、エリーゼのミドルネームも同じである。

父が食堂に顔を出すのは珍しいので、エリーゼは少々面食らった。おそらく、母に言われて渋々寝室から出てきたのだろう。

「おいで、僕の可愛い宝石の娘」

烏《からす》の濡羽色《ぬればいろ》の髪。作り物のように整った顔。夜の森を思わせる緑色の瞳は、知性を感じさせる。にもかかわらず、自身の言葉で空気が一変したのを、彼は察することができないようだ。

彼はエリーゼを子供たちの中で特別甘やかし、贔屓《ひいき》していた。

「僕の膝の上においで」

すると、エリーゼに冷たい視線が突き刺さる。視線の主は、彼女から見て父の右側に座っている兄二人。

長兄のエイブリーは十三歳。母譲りの小豆色《あずきいろ》の髪と、父に精悍《せいかん》さを加えたような美貌、そして父よりも恵まれた体格をした彼は、エリーゼを睥睨《へいげい》している。

次兄のステファンは九歳。銀髪と藍色の瞳を持ち、美しい顔立ちをしているが、両親のどちらにも似ていない。そしてその美貌は今、激しい負の感情で歪《ゆが》んでいた。

エリーゼは二人を避けるように、反対側を通って父のほうへ向かう。

「ねえさま」

「……おはよ、リール」

ステファンの向かいの席に座る一つ年下の弟リール。彼を見て、エリーゼは顔を綻《ほころ》ばせた。

リールの髪は鮮やかな赤色で、瞳は深い森のような緑色だ。面差しには父と似た華やかさがあるが、丸く大きな目や顔の輪郭《りんかく》は母やエリーゼに似ている。

食堂内の凍りつく空気には気づいていないように見える彼に微笑みかけたあと、エリーゼはその隣の少女に目をやった。

「おはよう、お姉さま」

姉のカロリーナは、エリーゼを見やると少し笑った。赤い唇が、十四歳の少女とは思えないほど妖艶《ようえん》だ。少しくすんだ赤毛に、母とエリーゼと同じ赤色の瞳。顔立ちは、父をそのまま女性らしくしたようだった。一家の食い扶持《ぶち》を稼ぐため奉公に出ていて、家にはほとんど帰ってこない。

「お姉さまがいるの、珍しいね」

「本当は帰ってくるつもりじゃなかったのよ。だけど、お暇を出されてしまったの」

艶《あで》やかに微笑みながら、千切ったパンを口に運ぶ姉。

奉公先で苦労しているのだろう。エリーゼは胸が詰まった。

「無理しないでね。……お仕事、大変なんでしょ？」

「ハイワーズ家のために尽くせるのだから、幸せよ」

父アラルドに敬意の眼差しを向けたあと、姉は優しく微笑む。子供たちは父のせいで貧しい生活を強いられ、苦労させられている。にもかかわらず、そんな父のために尽くすことが幸せだという。姉の言動が理解できず、エリーゼは引きつった笑いを浮かべた。

そして何気なく食卓に視線を向けて、エリーゼは驚いた。

カロリーナが食べているのは、粗悪な黒パンとしなびた野菜のスープだ。それに対して、父アラルドの前には真っ白なパンに肉厚のベーコン、果物の籠《かご》や蜂蜜《はちみつ》の入った硝子瓶《ガラスびん》が並んでいる。

我が目を疑いまばたきを繰り返すエリーゼに、父アラルドは優しく微笑みかけた。立ち上がって彼女に歩み寄ると、優雅な動作で抱き上げる。

「ほら、お父様と一緒に食べよう。本当ならお行儀が悪いのだけれど、エリーゼはお母さまに似て可愛いからしかたないね」

エリーゼは父の言葉に応えず、ただ目を伏せる。再び兄たちの突き刺さるような視線を感じ、こっそり溜息《ためいき》を吐《つ》いた。

(この人の気まぐれに、どうしていちいち反応するかな)

緊張で身を硬くしながら、エリーゼは父の顔をちらりと見上げる。

絶世の美貌という言葉がこれほど当てはまる人はいない。その異常なまでの美しさが他人はもちろんのこと、血の繋がった子供たちをも虜《とりこ》にし、服従させているのだろう。

「エリーゼはお母さまと同じように、甘いものが好きだったね」

着席してエリーゼを膝の上に乗せると、父は微笑みながら銀のスプーンを手にとった。蜂蜜をす

くい、エリーゼの口もとに差し出してくる。

甘い匂いを鼻先に突きつけられた彼女は、空腹だったこともあり、誘惑に負けて口を開いた。父に手ずから食べさせてもらったエリーゼを見て、兄たちの表情が一層険しくなる。

一緒の家で暮らしていながら、父母と子供たちの生活水準には、なぜか雲泥《うんでい》の差がある。子供たちは貴族の家に生まれたにもかかわらず、ほとんど自活していた。

だが、誰も文句は言わないし、エリーゼも言えない。

(お父さまが美しすぎるから)

完璧な容貌。優美な動作。彼の玲瓏《れいろう》な声で命じられれば、赤の他人でも従わなければいけないような気になってしまうのだ。実際に、見知らぬおじさんが庭の掃除をやらされていたこともある。

「……お母さまはどうしたの？」

静寂に耐えかねたエリーゼが問うと、アラルドは朗《ほが》らかに答えた。

「具合が悪くてね、寝ているよ。君たちと朝食をとりたがっていたのだけれど」

可哀想にね、と父は囁《ささや》いた。

「お母さまの精霊は、その……元気、なの？」

この世界には、精霊と呼ばれる存在がいる。母アイリスは、その加護を受けているらしい。それがどういうことなのか、エリーゼにはよくわからない。だが精霊の活動と母の体調には、何か関係があるようだ。

エリーゼが言葉を探しながら問うと、アラルドは強い口調で答えた。

「邪魔なぐらいにね」

毒を含んだ言い方に、エリーゼは首を傾げる。精霊が元気すぎると、何か不都合があるのだろうか。

エリーゼは母の姿を思い浮かべた。自分と瓜二つ《うりふた》の容姿。はにかんだような笑顔。花壇の前に座って花を愛《め》でる白い横顔。だが、その目の焦点は合っておらず、時おり意味のわからないことを呟《つぶや》く。精霊の加護を受ける人間は、「精霊に愛されている」と表現されるが、そもそもそんな母が、なぜ精霊に愛されているのだろう。

「えっと……あー、どうして精霊は、お母さまを愛しているの？」

「アイリスがとても可愛いからだよ」

そのアラルドの言葉は揺るぎなかった。父の顔を見上げたエリーゼは目を見開く。本気でそう思っているとしか思えない笑顔がそこにある。

父はエリーゼを抱いて歌うように言う。

「アイリスの瞳と同じ色の石がついたネックレスを買ったのだけれど、彼女に似合うかな？」

えっ、とエリーゼは動揺して思わず声を出した。家には、そんなものを買う金銭的余裕はないはずだ。カロリーナが視線をちらと上げて父を見る。エイブリーは一瞬眉根を寄せた。

「イヤリングと指輪も買おうと思ったのだけれど、アイリスはイヤリングを嫌がるし、指輪はすぐに壊してしまうから。ああそうだ、アイリスにそっくりな君に似合うなら、彼女にも似合うかもしれないね、エリーゼ？」

そう言って父がエリーゼの目の前にぶら下げたのは、赤色の宝石が付いた金の鎖。エリーゼは口《くち》端《はし》を引きつらせた。子供たちが着ている襤褸《ぼろ》や寂《さび》れた屋敷との対比に眩暈《めまい》を覚える。

「ああ、やっぱり似合うね。同じ色味のドレスも仕立てようかな──カロリーナ、手配しておくれ」

「はい、お父様……ですが、その……お恥ずかしい話なのですけど、お給金をもらえるのが一週間後で……」

「一週間後でも構わないよ。それで最高のドレスができるのならね」

父が微笑みながら当然のように言ったので、エリーゼは慌てて口を挟んだ。

「だけど、お姉さまのお金はお兄様が学校に行くための──」

「大丈夫よエリーゼ」

彼女の言葉を遮《さえぎ》って、カロリーナは微笑む。

「必ずお父様のお眼鏡に適うドレスを用意するわ」

言うが早いか、ただでさえ少ない食事を残して姉は席を立った。

「奉公先へ戻るわね」

その短い言葉を残し、彼女は食堂を後にする。それを見送ると、父は優雅に食事を再開した。

やはり、この家の親子関係は到底理解できない。一緒にいるうちに、自分までおかしくなってしまいそうだ。姉が座っていた席を呆然と見つめながら、エリーゼは心の中で強く誓う。

(早くこの家を出よう)

目の前に花の蜜を塗ったラスクを並べられても、胸が詰まって食べられそうになかった。

「……お腹減った」

自室で、エリーゼは靴を脱ぎながら呟《つぶや》いた。ドレスも脱いで、肌着の上に襤褸《ぼろ》の肌着をもう一枚重ねる。ひび割れた窓の向こうは藍色に染まっていた。

「もう夜か」

まだ残ってるかな、と考えながら、彼女は忍び足で屋敷を抜け出した。

貴族街はいつもと同じように閑散としていた。蔦《つた》に覆われ、幽霊屋敷然とした屋敷もちらほら見受けられる。この辺りでは貧しさのあまり、屋敷を手放す貴族が多いのだ。

南へずっと歩いていくと、裕福な庶民が暮らす区域に入った。貧窮《ひんきゅう》した貴族の屋敷よりもよほど小ぎれいな家々が軒《のき》を連ね、夕食時の活気ある笑い声が聞こえてくる。

やがて目的の建物が見えた。まっすぐに伸びた、白く四角い塔。天辺近くに幾何学的《きかがくてき》な模様が描かれている。精霊を表す円を中心として、光輝《こうき》を表す線が放射状に伸びているものだ。

その建物――精霊神教会《せいれいしんきょうかい》の前には、誰も並んでいない。

(配給終わっちゃったの?)

焦って駆け込むと、中で話をしていた白い服の男性が言葉を切った。彼の前に座る、エリーゼと同じくらいか、少し大きな子供たちが彼女を睨《にら》む。エリーゼは気まずさを覚え、軽く頭を下げた。

左右に円柱が立ち並ぶ、がらんと広い空間。奥には祭壇があり、男とも女ともつかない美しい人を描いた絵が飾られている。

教会を司《つかさど》る「師父《しふ》」と呼ばれる男性はその祭壇を背に立ち、子供たちは彼の前に膝を抱えて座っている。エリーゼも、その中に加わった。

師父の語る教義を聞き終えると施《ほどこ》しのパンがもらえるのだ。それほど長い話ではないが、腹を空《す》かせた子供たちには、じれったい時間だった。その上、エリーゼが後から入って来たせいで、話が初めからになるかもしれない。

（そうなったら、出ていこう）

と、エリーゼが思った時、子供たちの間に漂《ただよ》う空気に気づいたのか、柔和《にゅうわ》な顔の師父は言った。

「今日はここまでにしようか。君は後から来たから、私の質問に答えておくれ」

彼はエリーゼに問う。

「私たちを見守ってくださる精霊神の名前は？」

「アスピルです」

「正解だね。では、私たちが決して忘れてはならないことは？」

「父祖《ふそ》への敬愛、ですか？」

師父は、にっこり笑ってエリーゼの頭を撫《な》でた。エリーゼは思わずはにかむ。

「では、あなたたちに神の御心《みこころ》をさしあげましょうね」

そう言うと、師父はゆっくりとした足どりで奥の部屋へ入っていった。人数分のパンが入ったバスケットを持ってきてくれるのだろう。それを見送っていると、横から声をかけられた。

「お前、すごいな。話を聞いてなかったのに、なんでわかんの？」

一人の男の子が、くりくりとした灰色の目を好奇心で輝かせていた。自分よりいくつか年上だろう、とエリーゼは見当をつける。

「フソへのケーアイってなに？」

「両親やご先祖さまを尊敬すること、かな？」

「へェ？　なんで精霊は、あんな飲んだくれをソンケーしろなんて言うんだろな」

へんなの、とひとりごちる男の子に返す言葉が思い浮かばない。生まれ変わってから他人と会話を交わす機会がほとんどないので、こうして話しかけられると言葉に詰まってしまう。

「お前の親はどんなん？　ソンケーできる？」

「あんまり」

男の子の質問に、エリーゼは正直に答えた。

「おに……お兄ちゃんたちは、すごく尊敬してるみたい。だけど、私は好きじゃない」

お兄様と言いそうになり、彼女は慌てて言い替える。

父は、母に似ている自分をとても可愛がる。だが自分は父を好きではないし、尊敬もしていない。母にばかり構い、子供たちのことはほとんど顧《かえり》みない父。その上、一家の長でありながら、娘のカロリーナが稼いだ金で贅沢《ぜいたく》をしている。尊敬など、できるはずがなかった。

「……私のこと、お兄ちゃんたちは嫌いなんだ。だからすごく恐いの」

「あにきたちって、いくつ？」

「十三歳と、九歳だったかな」

「めちゃくちゃデカイじゃん！　そんなんに、お前なぐられてんの？」

真剣な顔で聞かれ、エリーゼは一瞬呆けた。が、自分が心配されていることに気がつくと、くすぐったい気分になって笑った。

「何わらってんだよ。なんだったら、すぐに家でろよ。おれがかくまってやるから」

「ありがとう」

エリーゼがお礼を言うと、男の子は得意げに話し始めた。

「おれなんか、ずっと前に家をでてやったんだぜ？」

「うそ、ほんとに？」

エリーゼは目を丸くした。

「ほんとだよ。仲間がいるんだ。お前小さいけどかしこそうだから、みんなよろこんで仲良くするとおもうよ。お前、字かける？」

こくりと頷《うなず》いたエリーゼを見て、男の子は手を打った。

「きまった！　パンもらったら、すぐここをでようぜ！　仲間のところにつれてってやる」

「え？　私も行くの？」

「だってお前、家キライだろ？」

エリーゼは答えに詰まった。

美しい父。幸せそうな母。麗《うるわ》しい兄弟たち。姉と弟は好きだ。母はあまり話したことがないのでよくわからない。兄たちは怖いとは思うが、嫌いだと思ったことはない。父も尊敬はできないが、嫌いというわけではなかった。

だが彼らの考えは理解しがたく、居心地は良いとは言えない。だからこそ、いつか家を出て、外の世界を見たいと思っている。

そんなことを考えていると、彼女の頭は自然と上下に動いていた。

「よし。おれたちといたら、もうなぐられることなんてないぜ」

男の子の無邪気な笑顔を見て、エリーゼも思わず笑顔になった。

ほどなく戻ってきた師父《しふ》からチーズとパンを受けとると、男の子はすぐさま教会を飛び出した。エリーゼもその後を追う。

けれど貴族街とは正反対の方角へ歩き出した男の子を見て、彼女は足をピタリと止めた。

「どうしたんだ？」

男の子は不思議そうな顔で振り返った。わからない、とエリーゼは口の中で呟《つぶや》いた。足がまるで石畳に吸いついたかのように動かない。お腹がちくちくと痛む。気分が悪くなってきて、彼女は俯《うつむ》いた。

そんなエリーゼを見て、男の子は苛立《いらだ》ったように声を荒らげる。

「どうなんだよ、おい」

「私行けない」

気づけば、エリーゼはそう口にしていた。

「なんで」

「家に帰らないといけないから……かな」

「……あにきにそう言われたのか？」

エリーゼを嫌っている兄たちが、そんなことを言うわけがない。彼女も、自分の言葉に困惑していた。なぜか、家に帰らなければいけない気がするのだ。

「言われてないけど……」

「だったら、どうして」

「だって……」

お腹が痛い。針で刺されるようなちくちくとした痛みが、エリーゼを責め立てる。

前世でも追いつめられるとよく胃を悪くしたが、その時の痛みと同じだ。だが今の自分は、何に追いつめられているのだろう。家を出ることを、望んでいたはずなのに。

彼女はお腹を押さえてうなだれた。

「……帰らなきゃ、怒られるから」

「怒らせとけばいーんだよ」

男の子の言葉を聞いて、エリーゼは思った。一体誰が怒ってくれるのだろうか。父でさえ、母がいる時はエリーゼの存在に注意を払わないのに。

「もしかしてお前、家スキ？」

「好きじゃない」

即答したエリーゼを、男の子は怪訝《けげん》そうに見た。それならばなぜ、とその顔に書いてある。

自分でもなぜ、と思った。家が嫌なら出ればいい。

けれど、まだ小さいエリーゼにとって、外の世界は危険すぎる。男の子の仲間というのは、おそらくみんな子供だろう。大人がいたとしても浮浪者か、もっと悪くすれば身寄りのない子供たちを集めて売買する奴隷《どれい》商人の可能性だってある。

(出ていくなら、成人してからのほうがいいかもしれない)

自分でしたことの責任を自分で負うことができる年齢。その頃なら、ある程度自分の身を守れるようにもなっているだろう。何と言っても、エリーゼはまだこの世界のことをよく知らないのだ。

そう考えると、胃の痛みが引いていった。家を出るなどという大きなことを、勢いで決めようとしていたせいかもしれない。焼けつくような痛みがなくなり、エリーゼはほっとした。

「ごめん。誘ってくれてありがとう」

「なんだよ、いくじなし」

男の子は傷ついたような顔でそう言うと、彼女の手からパンをひったくって駆け出し、やがて見えなくなった。

それから数日経った曇りの日。エリーゼは自室へ駆け込み、すぐさま扉を閉じた。

しばらくの間じっと硬直していたが、誰も追って来ないのを確認すると、ようやく力を抜いて床に膝をつく。睨《にら》みつけるような視線を感じたが、きっと気のせいなのだろう。

「……こわっ」

腕に抱いていた木切《きぎ》れをばらばらと落としながら、エリーゼは呟《つぶや》いた。

エイブリーが暖炉《だんろ》にくべるために作った薪《まき》の残骸。その中からエリーゼがくすねてきたのは、水分をよく吸った燃えにくい若木の破片ばかりだ。もしばれても、それほど咎《とが》められはしないだろう。

エリーゼは手に握る工具を見下ろした。使い古された彫刻刀、やすり、短刀。それらの工具は元々ステファンのものだった。得意の工作で母を喜ばせた彼は、父アラルドから新しい工具を贈られたので、不要になったのだろう。庭の隅に捨てられていた。

(いらなくなったものでも、私に使われるのは嫌がるだろうな)

美しい顔が歪《ゆが》む様が目に浮かんで、エリーゼは身震いした。ちっぽけな望みを叶えるために、彼女は命の危険すら感じなくてはならなかった。

理不尽な兄たちへの怒りに、細工用の短刀を握りしめるエリーゼの腕が震える。だが、兄の美しい顔を思い浮かべると、すぐに腕の震えは収まり、怒りもたちまち霧散した。

(美しさは正義です、ってこと?)

前世の友達と、よく口にしていた言葉を思い出して、エリーゼは微笑んだ。

そしてその場に座り込むと、一枚の木切れを手にとる。

「高飛車でも突飛な行動をしても、美形なら許せるよね。そういうキャラクターが出てくるお話のほうが、面白かったりするもんね」

木切れを彫刻刀で削りながら、記憶の中の友人に話しかける。彼女とは『美しい人が好き』という共通点があり、よくそのことを話題にして盛り上がった。そんな淡い思い出が、次々と蘇《よみがえ》る。

「美形は世界の宝だよね」

そう口にすれば、思い出の中の、顔も忘れかけた友人が勢いよく頷《うなず》く。エリーゼも笑顔で頷いた。

錆《さ》びた彫刻刀で木切れを削るのは、困難な作業だった。何枚かの木切れを割ってだめにしながらも、一枚一枚着実に仕上げていく。

やがて完成したものを見下ろして苦笑した。

「転生してから五年も経ったのに、こんなことは覚えてるんだもんなあ」

こちらの世界の数字が一から十三まで彫られた長方形の板。それらを四種類の模様を使って、四組用意した。

「トランプだー。懐かしー」

早速使ってみようとして、エリーゼは固まった。どうやっても、紙のトランプのように切ることができない。

「……やっぱ紙じゃなきゃだめだ」

エリーゼは唸《うな》った。この世界にも紙はあるが、前世の世界に比べてずっと高価なのだ。そもそも無一文の彼女には買うことができない。

「まあ……上手くいくなんてあんまり思ってなかったし……」

負け惜しみのようなことを言いながら、エリーゼは木のトランプを布に包んだ。

「トランプを使うことが目的じゃないし」

胸の内にある計画を反芻《はんすう》して彼女は笑った。そして包みを抱えて部屋を出る。

（これが上手くいったら、女子高生の時の知識ってチートじゃん！）

エリーゼははしゃいでいた。屋敷を出てすぐに、庭で次兄ステファンと遭遇するまでは。

彼の深い藍色の瞳がエリーゼを映す。

（ころされる）

思わずずり、と後ずさった。咄嗟《とっさ》に周囲を見回したが、庭には他に誰もいない。屋敷の前の通りにも人の気配は感じられない。ステファンが無表情のまま自分のほうへ踏み出すのを見て、エリーゼは青ざめる。

（殺されるほど悪いことなんて、していないはずなのに）

そう思いながら、逃げるように門の外へ飛び出した。


今日の外出の目的は、大聖堂と呼ばれる施設を利用してみることだった。そこはこの世界における役所のようなものだが、各種申請を受け付けてくれるのは、人間ではなく精霊だという。

父アラルドは、膨大な蔵書を有している。なんでも母を手に入れるのに色々と策を練らなくてはならず、そのために本を大量に集めたのだそうだ。父に頼んでみたら、書斎の本を読んでいいと言われたため、エリーゼはこの世界について色々と知ることができた。

この世界、大陸、あるいは惑星を称してアールアンドという。かつて勇者が魔王を倒したとの史実があり、魔物も実在する剣と魔法の世界だ。エルフやドワーフといった異種族も存在している。

そして精霊も。前世で女子高生だった頃からファンタジーに憧れていたエリーゼは、それらに興味津々だった。

彼女は、手描きの地図を見下ろした。

「……えっと、確か大聖堂は、この地区にあったはずだよね」

地図を見ながら歩いていくと、やがて人通りが多い道へ出た。ここアールジス王国の王都アーハザンタスの中央通りで、王の道と呼ばれている。エリーゼは左右を見渡した。道の両脇には露店がたくさん出ていて、お客が商品を値切る声などで賑わっている。その活気のある様子に、彼女は顔を綻《ほころ》ばせた。

まっすぐ行けば大聖堂に着くはずだ。それを通りすぎて、北に進めば王宮がある。通りかかった親切な女性に道を確認したあと、エリーゼは堂々とした足どりで再び歩き出した。迷子だと思われたら家に連れ戻されかねない。悪漢に目を付けられる可能性もある。

(準男爵家とはいえ、貴族ってだけで利用価値があるかもしれないし)

兄たちの視線によって鍛《きた》えられたエリーゼの視線感知能力によれば、屋敷から出ていくところはステファン以外の誰にも見られていないはずだ。それでも一応警戒しながら歩いていくと、大きな広場に行き当たった。広場の中央には、昔の王の像が建てられている。その右手には、継ぎ目のない白い壁でできた円筒形の建物があった。

幅の広い階段を上り、庇《ひさし》をくぐると、中は精霊神教会《せいれいしんきょうかい》よりもがらんとしていた。手前半分は薄暗いのに、奥はぼんやりと明るい。

その光源を見つけて、エリーゼは目を見開いた。

「……精霊の御代《みしろ》」

大人の頭くらいの大きさの水晶玉が、いくつも宙に浮いている。それらはつやつやとした白い壁を淡い光で照らしながら、不規則にゆっくりと宙を動きまわっていた。

(これが精霊……の宿った何か)

大聖堂は無人の施設で、精霊の御代と呼ばれるその水晶玉が、来訪者の用件に応じてくれる。エリーゼが奥へ入っていくと、一つの水晶玉が音もなく動いてエリーゼのところへやってきた。

「不思議……」

思わずそう呟《つぶや》いてしまい、エリーゼは口を覆った。きょろきょろとあたりを見回す。そして自分以外に人がいないことを確かめて、胸を撫《な》で下ろした。

「エリーゼ・アラルド・ハイワーズ！」

水晶玉に触れて名前を言うと、それはひときわ強い光を放つ。

すると、目の前に立体映像が浮かび上がった。銀行のＡＴＭの画面に似ている。

「……おお」

大聖堂は役所の役割の他に、銀行のような機能もある。国王が精霊と契約して、それらの仕事をお願いしているのだ。元の世界では機械が行っていた精緻《せいち》で便利な機能を、精霊の力で実現している。

「特許の申請って、どうやるんだろう？」

この世界にも、特許という仕組みがある。発明したものを精霊に申請し、登録されると、それが商品化された際、発明者にお金が入るのだ。

エリーゼが今回申請するのは、自作のトランプだ。トランプはこの世界にはないだろうし、似たようなものがあったとしたら、精霊が膨大な情報と照合して、そう教えてくれるらしい。

エリーゼの声に反応したのか、立体映像は特許の申請画面に切り替わった。まるで意思を持ったコンピュータのようだ。便利、と呟きながら、エリーゼはとりあえずトランプの試作品を水晶に押しつけてみた。試作品がある場合、精霊が引き取ってくれ、特許が下りた場合は見本としてホログラムのようなもので公開されるという。

(二度と戻ってこないらしいけどね)

ぐいぐいと押しつけていたら、トランプはシュン！　と軽い音を立てて消え、エリーゼは水晶玉に鼻を打ちつけてしまった。しばらく身悶《みもだ》えたあと、エリーゼは再度あたりを確認した。やはり視線は感じない。

特許申請するところは、できるだけ誰にも見られたくなかった。トランプのような複雑なものを五歳の子供が思いつき、しかも自ら特許を申請するなんて不自然だ。

売れなくてもいい。見向きもされなくたっていい。それどころか、特許が下りなくてもかまわない。

(精霊が受け付けて、対処してくれるっていうのがすごいんだよ)

彼らは間違いなく実在している。水晶玉を通してではあるが、その存在を初めて感じてエリーゼは頬《ほお》を紅潮させる。

（この特許申請のやり方ひとつとっても、私には十二分にファンタジーだよ）

内心浮かれながら、エリーゼは現れた画面に入力していった。

精霊が司《つかさど》るこの手続きにおいて、偽《いつわ》りの情報を登録することはできないが、非公開設定にすることはできる。名前はもちろんのこと、年齢や性別などあらゆる項目を秘匿《ひとく》しようとしたが、エリーゼは少し考えて種族だけは開示した。年齢や性別を邪推《じゃすい》されても、特になんとも思わない。けれども、種族だけは人間以外のものに間違われると、なんだか変な感じがする。

「人間でいいじゃない」

この世界に生まれ変わって良かったとは、まだ思えない。けれど、また人間に生まれることができたのは良かったと思う。虫とかに生まれるよりよっぽどマシだ。

そう思って頷《うなず》きながら、エリーゼは入力を続けていく。トランプの概要、理想の材質は紙であること、表面に描かれた模様や数字について。そして遊び方も知っている限り入力しておいた。

それらの情報は水晶玉に触れるだけで、誰にでも見られるようになるという。

（ハイテクだなー……）

万が一、誰かが商品化してくれた時のことを考えて、価格は銅貨十枚くらいにしてほしいと備考欄に書き添えておいた。日本円に換算すれば、およそ一万円だ。この世界の常識から言っても、子供用の玩具《おもちゃ》にかけるような金額ではない。だが材料が紙であることや作る手間を考えると、一万円で売っても利益はほとんど出ないだろう。だから、実現されることは期待していない。

「本当は子供たちがお小遣いを出しあって、買えるぐらいの値段で販売されるといいんだけどな」

その代わり、申請者が自由に決められる特許使用料は、あくまで低く設定する。銅貨一枚、日本円にしておよそ千円だ。オートで決めようとしたらケタが二つくらい多かったため、破格の安さといえるだろう。子供の手に入りやすいよう、できるだけ多くの店に置いてほしいからだ。契約期間は一年としたので、それを払えば、一年間はトランプを商品として販売できる。

条件をすべて書き終えると、不備はないか、余計なことを書いてしまっていないかを確認して、精霊に申請した。すると十秒もかからないうちに、申請完了の文字が返ってきた。どうやら無事に受理されたらしい。

「わお、面白ーい」

大聖堂で一人、思わず拍手をしてしまうエリーゼだった。


後日、トランプの新しい遊びを思いつき、彼女は再び大聖堂に来ていた。

今度は他に人がいたが、気にしない。子供がお小遣いを精霊に預けるのはよくあることらしいので、エリーゼの存在が不審に思われることはないだろう。大聖堂は、誰にでも気軽に利用できる施設なのだ。

エリーゼは、順番待ちをしてから水晶玉に向かった。水晶玉に触れた瞬間、【特許の使用申請がありました】という文字が現れて、エリーゼはぽかんと口を開いた。急いで周りを見回したが、彼女のほうを気にしている人はいないのでほっとした。

精霊の御代《みしろ》を通した手続きは、超簡易的な精霊との契約なのだという。使用者が名前を口にし、情報を与える。精霊は公開してもいいと設定されている情報をその他大勢の使用者に公開するが、秘匿《ひとく》されている情報は決して漏らさない。精霊との契約は、人間同士が交わす契約とは違い、よほどのことがない限り破られることはない。

トランプの発案者がエリーゼだということは誰にも知られていないし、この画面はエリーゼ以外、誰にも見えていないはずだ。エリーゼは気を落ち着かせた。冷静に考えてみれば、喜ばしい事態である。小金を稼ぐことができたかもしれないのだ。

だが、次に表示された画面を見て、エリーゼはむせた。

「ゴホッ」

トランプの特許は売れていた。……ざっと見ただけで、一万件以上。

視界の端に【すべて入金済みです】という文言がちらついている。エリーゼがその金はどこに行ったのだろう、と、ちょっと意識しただけで、回答が表示された。

【バンクに自動転送されました。確認しますか?】

「あ、あの、あああああええええええと」

千円の入金が一万件。

(単純計算で、えと、待って……たんじゅんけいさんって、なんだっけ)

エリーゼが混乱している合間にも、その意思を読み取って精霊は処理を進めていく。

【エリーゼ・アラルド・ハイワーズのバンクを開きます】

【入金額、合計で白銀貨（正貨《せいか》）四枚】

エリーゼは絶句した。

正貨というのは、ドワーフが作っていると言われる由緒正しい貨幣だ。人間が作る貨幣と同じく、価値が高い順に金貨、白銀貨、銀貨、銅貨がある。人間以外の種族は全て正貨で取引をしているらしいが、人間の市場には正貨なんてせいぜい銅貨ぐらいしか出回っていない。その銅貨も、人間の市場では普通の銅貨の何倍もの価値をもつ。

どうやら特許の申請を行う際に間違えて、貨幣の種類を正貨に設定してしまったらしい。しかも振り込まれた銅貨は、非常に珍しい白銀貨に換金されているようだ。白銀貨四枚は人間の市場において、途方もない金額に相当するはずである。

（なんで、こんなことに――）

エリーゼはその場にへたり込んだ。身体が震える。気がつくと、エリーゼに周囲の人々の視線が集まっていた。彼女の手を離れた水晶玉は、次に順番を待つ子供のところへふわふわと飛んでいく。

眩暈《めまい》がした。胃が痛い。吐き気がする。

（お金を持ちすぎても、胃が痛くなるなんて……）

耐えきれずうずくまるエリーゼの顔を、人の好さそうな青年が覗《のぞ》き込む。だが、今は愛想笑いを浮かべる余裕もない。心配そうに声をかけてくる青年を無視して、エリーゼは呟《つぶや》いた。

「……さいあく」

身の丈に合わない幸運だとでも言うように、身体が拒絶反応を示す。楽しかった気分が台無しだ。

(チートなんて、くそくらえ)

心の中で悪態を吐《つ》くと、エリーゼは吐血した。

第二章　後宮と迷宮

エリーゼは十五歳の成人を迎えたら、冒険者という職に就こうと決めていた。

トランプの特許をとり、バンクに振り込まれていた使用料の金額を見て胃がやられてから十年。胃に開いた穴は治癒《ちゆ》魔法で治った。だが、その治療にはだいぶお金がかかったらしく、父に余計な金を使わせたと兄たちから責められた。エリーゼはあの事件のせいで大聖堂がトラウマになり、以来一度も行っていない。

「革の鎧《よろい》に、短剣、各種野営用グッズ……全部揃ってる」

他にも替えの下着や裁縫《さいほう》道具、剣の手入れ用品や携帯食料など、冒険者にとっての必需品は、ひと抱えほどの背嚢《はいのう》――いわゆるリュックサックにすべて収められている。

朝日が昇り始めた空はうっすらと明るく、曇った窓硝子《まどガラス》から白い光が差し込んでくる。エリーゼは、ほっと息を吐いた。

あのあとも大聖堂に近づこうとすると胃が痛くなり、結局エリーゼはお金を下ろすことができなかった。だから子守りなどで地味にお小遣い稼ぎをしながら、今日のために少しずつ揃えてきた。

なぜなら今日が、竜王の一五七年、四番目の月、二十六の日だからだ。

この世界では、一年が地球と同じく十二分割されていて、四季のようなものもある。よって、元の世界でいう四月二十六日とほぼ同じ。

つまり、エリーゼの十五歳の誕生日――成人となる日だった。

「よし、冒険者ギルドへ行こう！」

エリーゼは、決意も新たに小声で呟《つぶや》いた。

「冒険者ギルドで登録してから、冒険者の宿で待機して……日の出と共に王都脱出、と」

街を出るには、身分を証明するカードが要《い》る。成人しているという証明だ。最も一般的なのが市民カードで、十五歳の誕生日以降なら、誰でも発行してもらうことができる。しかし、それを発行している場所は、大聖堂。エリーゼには近づくことができない。

そこで代わりとなるのがギルドカードだ。あらゆるギルドに登録できる最低年齢は十五歳。とはいえ商業ギルドなどは、成人後、数年の下積みを経験して師匠の許しを得てから登録するのが普通だった。成人直後でも登録できるのは、冒険者ギルドくらいだ。なぜなら冒険者ギルドの人員は、常に不足しているからである。

この世界において主な冒険の舞台となるのは、迷宮だ。迷宮とは、簡単に言えば永続的に魔物が出てくる洞窟である。階層構造になっていて、下の階層へ潜るほど魔物は強くなる。放置しておくとどんどん深くなるが、迷宮内の魔物をザコでもいいから倒し続ければ、それをある程度食い止められるのだ。

冒険者はクエストに応じてその迷宮の拡大を防いだり、珍しい魔物を倒して皮や牙を持ち帰ったりと、様々な任務をこなす。それらは危険を伴い、命を落とすこともある。冒険者は、この世で最も死に近い職業だ。

そんなわけで、やる気のある人間は誰でも受け入れてもらえる。見るからにただの女の子であるエリーゼでも、成人している以上、断られることはない。

(外暗いな……でも、誰も私を見てる気配はなし)

窓の外を確認し、兄たちへの手紙を残してこっそり部屋から出ようとした。

その時、ドアノブに手を伸ばしたエリーゼの前で、なぜか自動的に扉が開いた。

「……何をやっている」

扉の外には、長兄エイブリーが立っていた。

エリーゼより八歳年上の二十三歳。美貌は相変わらずで、すらりとしているがたくましい身体に、銀の鎧《よろい》をつけている。その美貌と準男爵家の子息という出自が奏功《そうこう》し、名誉ある王家の騎士団に所属していた。

驚きのあまり何も言えないエリーゼを見て、エイブリーは顔を不愉快そうに歪《ゆが》めた。

エリーゼは気合いで言葉をひねり出す。

「ピクニックに、行こうかと、思いまして」

「こんな夜中にか？　門も開いていないのに？」

「アハハ、ハハ」

「気でも触れたか……母上のように精霊の加護も受けていないくせに。なんだその格好は？　冒険者にでもなる気か？」

図星を指され、エリーゼの身体がびくりと震えた。だが、エイブリーは気づかなかったようだ。手にしていた燭台《しょくだい》を彼女に突きつけ、嘲笑《あざわら》うように言った。

「阿呆なだけで気を引けるのは父上だけだ。だがいつまでも父上にべったりと貼りついているようなら、俺は決して許さないぞ。あの方の役にも立てない無駄飯食らいの愛玩動物など、死んだほうがましだ。そうだろう？」

エイブリーは、国からもらっている稼ぎの全てを、父に貢《みつ》いでいる。何が彼にそこまでさせるのか、エリーゼには未だにわからない。

もしかして、この場でバッサリやられてしまうのだろうか。エリーゼは生唾《なまつば》を呑んだ。エイブリーの腰には、長剣が提《さ》げられている。美しい装飾が施《ほどこ》された銀の鞘《さや》に収められているが、お飾りではないだろう。戦争は頻発《ひんぱつ》していると噂《うわさ》で聞くし、危険な魔物は次々に湧いてくる。国家を守護するという名目は伊達《だて》ではない。

エイブリーはエリーゼを睥睨《へいげい》したまま言った。

「安心するがいい。お前のような役立たずにも、使い道はある」

エリーゼはうなだれた。役に立たないのは本当だった。カロリーナのように美しさで男性を虜《とりこ》にして貢《みつ》がせることはできない。エイブリーのように剣も扱えない。ステファンのように工芸品を作ることもできない。弟のリールは類稀《たぐいまれ》な魔法の才能を持っていることがわかり、日々腕を磨《みが》いているが、彼のように魔法を使うこともできない。

唯一、計算だけは前世の知識のおかげで人並み以上にできるけれども、それを生かせるのはこの世界では商人くらいだ。準男爵家とはいえ、貴族の子女がやることではない。

エイブリーは父の名誉を守るため、エリーゼがそのような仕事に就くことを絶対に許さない。だから、彼は奉公に出ている姉のカロリーナとも折り合いが悪い。彼女の稼ぎで食べさせてもらい、騎士学校にも通わせてもらったくせに。

「ついて来い」

威圧的に命じられ、エリーゼは唇を噛みしめて頷《うなず》いた。


エリーゼが連れていかれたのは、十九歳になった次男ステファンの部屋だった。

「わ……あ」

初めてその部屋に入った彼女は感嘆した。部屋中に工具や木切《きぎ》れ、鉄屑《てつくず》などが散乱している。壁に取りつけられた棚に並ぶのは、素晴らしい工芸品の数々。まるで小さな美術館のようだった。母を喜ばせ、父に褒《ほ》められるために、ステファンは日々腕を磨《みが》いている。

自分が置かれている状況も忘れ、エリーゼは入り口近くの棚に置いてあったステンドグラスのような照明器具に見惚《みと》れていた。だが、すぐに部屋の主の言葉で、現状とおのれの境遇を思い出す。

「母上にそっくりの可愛らしい顔で、僕の作品に称賛の眼差しを向けてくれるなんて、ありがたすぎて涙が出るね。――今すぐそのガラス細工をぶち壊したくなる」

エリーゼは、顔を引き締めて俯《うつむ》く。

つかつかと歩み寄ってきたステファンは、その美しい細工物を手で薙《な》ぎ払った。照明器具は、床に落ちてバラバラに砕け散る。

「母上似のその顔は、父上が賛美《さんび》している芸術品だ。宝石すらも及ばないだろうに、僕の作ったガラクタなんかが出しゃばったら悪いだろう？　父上に叱られてしまう」

銀色の髪の毛と藍色の目を持つステファン。彼もまた美貌の持ち主だったが、顔立ちは父にも母にもあまり似ていない。鼻筋は家族の誰よりも細くて高い。目は母のようなアーモンド型でも父のような切れ長でもなく、猫のようにぱっちりしている。

彼はエイブリーより細身で力はないが、ある意味もっと危険だった。

ステファンは自分の容姿が家族の誰にも似ていないことに、強いコンプレックスを抱いているらしい。鬱屈《うっくつ》した気持ちはすべてエリーゼに向けられていた。

「ああそうだ。この部屋にあるもの全部壊そう、そうしよう。だって母上に似ているその顔に比べたら、どれもガラクタなんだから――」

「よせ、ステファン。気持ちはわかるが、今はそんなことをしている場合ではない。お前には頼みがあると言っておいたはずだぞ」

今にも自室をめちゃくちゃにしそうだったステファンを、エイブリーが力ずくで止めた。ステファンの身長が百七十センチくらいだとすると、エイブリーは百九十センチぐらいあるかもしれない。だが、あまりのっぽに見えないのは、鍛《きた》えられた体躯《たいく》とバランスの良い手足のせいだろう。

「明日の昼までに、これを多少見栄えのするように整えろ」

「……父上のため、なんだっけ。わかったよ兄上」

諦めたように言い、ステファンはいつの間にか持っていたナイフを手放した。

エリーゼは、ほっとして息を吐いた。エイブリーの威圧的な態度も重苦しいが、ステファンの激しい気性も恐ろしい。

「必要なものは昨日のうちに届けてやっただろう。頼んだぞ」

「ああ」

ステファンがおざなりに返事をすると、エイブリーはエリーゼを見もせずに部屋を出ていった。

ステファンと二人取り残されたエリーゼは、なんとか落ち着こうと深呼吸を繰り返す。

これまで、ステファンから物理的に攻撃されたことはなかったと思う。けれども、いつされてもおかしくないと常々思っていただけに、この状況はあまりにも心臓に悪い。

固まっているエリーゼから視線を逸《そ》らし、ステファンは舌打ちをした。


綺麗な格好をするのは嬉しい。コルセットが苦しくドレスが重いということを除けば、着心地は悪くない。が――

姿見に映った自分の姿を眺めて、エリーゼは呆気にとられていた。

今、ステファンの手でヘアメイクも施《ほどこ》されている。訳のわからない状況に耐えかねて、エリーゼは口を開いた。

「……何、ですか、これ」

「しゃべるなよ。化粧が崩れる」

「仮装大会でも……あるんですか？　お兄様」

「お前はいつからそんなにお喋《しゃべ》りになったんだ？　いつもみたいに青い顔して怯《おび》えながら、役立たずらしく縮こまっていろよ」

「でも、なんだか」

ありえない、とわかってはいる。けれどステファンがこんなに自分の近くにいて、自分に触れ、自分のために何かをしてくれるなんて、生まれて初めてのことだった。

「十五歳の成人を、祝われているような気持ちなんですけれど――」

浮ついた台詞《せりふ》は、言い終える前に遮《さえぎ》られた。気がつけば、目の前にナイフが突きつけられていた。ステファンは、ナイフを持っていない方の手でエリーゼの首を軽く絞めた。短剣の切っ先を揺らしながら、底冷えするような声で言う。

「なんで僕たちが、お前なんかの成人を祝ってやらないといけないんだ!?」

そうですよね、とエリーゼはすぐに思い直した。生まれて十五年も経つのに、肉親との関係は冷え冷えとしている。だが、それも当然のことだった。エリーゼは生まれてから今まで、その状況を打開するために努力したことは一度もない。どうせ十五歳になったら、この家から逃げ出す予定だったのだから。

一瞬でも、勘違いした自分が恥ずかしい。後悔する彼女をさらに責め立てるように、ステファンがその手に込める力を強めた。

「お前なんかを、妹だと思ったことはない！」

「……っ、にい、さま」

整えられていた髪が、ぐしゃりと崩れる。

また前世と同じように理不尽に命を奪われようとしているのか。そう思うと、ステファンに対して激しい怒りが湧いてくる。けれど霞《かす》む視界に映る人はあまりにも美しく、憎みきれない。

滝のように流れる銀色の髪、夜色の瞳、赤い唇と白い肌。それらを見ていると、怒りが嘘のように冷めていく。嫌われているのが辛い。こんなに悲しい目に遭《あ》うくらいなら、全てをここで終わらせて次の人生に賭けてみたほうが、幸せになれるかもしれない。

悔しかった。死にたくないのに、死はエリーゼの気持ちなどおかまいなしにやってくる。

（――どうせ死ぬのなら、せめて少しでも反撃を）

前世の最期を思い出し、エリーゼは薄く笑った。

「お前にはわからない……父上に愛されているお前に、僕の気持ちがわかるものか！」

「わか、ら、ない」

「そうだ、お前になんかわからない。誰にも似ていない、僕の気持ちなんて！　兄上にだってわかるものか……ッ」

まったく似ていないということはない。エリーゼを憎らしげに見ている時のその表情は、機嫌が悪い時の父とそっくりだ。

だが、そんな優しい本音ではなく、挑発的な言葉がエリーゼの口から滑り落ちた。

「ばか、みたい」

「なんだと……!?」

目の前の美青年が、白い頬《ほお》を真っ赤に染める。まだ美少年と言ってもいいかもしれない。

どこかあどけなさが残って見えるのは、白い肌に対して赤すぎる唇のせいだろうか。

「なん、でそんなに――お父様が、好き、なの？」

意味わかんない、とエリーゼは呟《つぶや》いた。前世で死んだ時、彼女は今のステファンより年下だった。

だがその頃には、精神的な親離れはそれなりに済んでいた。

彼を嘲笑《あざわら》うように、エリーゼは口の端を歪《ゆが》める。ステファンの怒りがさらに激しくなるのを覚悟していたのに、なぜか彼の腕から急に力が抜けた。

支えを失い、エリーゼはその場にぐにゃりと崩れ落ちた。咳《せき》込み、ぐったりとしながら兄を見上げると、彼は目を見開いてエリーゼを見下ろしている。

「お前、父上のこと、好きじゃないのか……？」

信じられない、とその顔に書かれている。だが同時に、自分の常識を初めて疑うかのような、不安げな表情にも見えた。

エリーゼは唖然《あぜん》として彼を見つめ返した。

「それは、本気で言っているのか？」

「嫌いじゃや、ないですよ？　でも、好きではありません」

あの父を、どうしてそこまで慕《した》うのだろうか。美しいことは、ステファンにとっても正義なのだろうか。

「父上は、素晴らしい、方じゃないか」

「……どこを見てそう思ってるんですか？　ステファンお兄様」

これまでずっと不思議に思いながらも、訊《たず》ねる機会はなかった。

答えを待つエリーゼに、ステファンは震える指を伸ばした。冷たくなった指の腹で、どういうつもりか彼女の頬《ほお》に触れる。思わず鳥肌を立てるエリーゼを見て、彼は目を見開いた。

何に驚いたのだろう。エリーゼにはわからない。そして彼女の問いに、ステファンが答えることは結局なかった。


あれから改めて髪の毛をいじくり回され、身なりを整えられると、そのまま屋敷の外に連れ出された。押し込まれた辻馬車に、エイブリーとステファンも同乗する。

会話一つない、気まずい空気。半刻《はんとき》後、馬車を降りると、目の前には視界に収まりきらないほどの大きな建造物——王宮があった。

門を守る衛兵たちは、エイブリーの姿を見ると敬礼した。エリーゼは腹部を押さえて呻《うめ》く。

「……お兄様、胃が痛いです」

「吐くなら反吐《へど》ではなくせめて血にしろ。血なら不愉快さより哀れを誘う」

エイブリーが冷たく言い放った。エリーゼは顔に浮いた冷や汗をハンカチで拭《ぬぐ》う。深呼吸をして、胃の痛みを忘れるよう努めた。

壮麗な門をくぐり、王宮の中に入って奥へ進む。やがて衛兵の立ち並ぶ、赤い絨毯《じゅうたん》の敷かれた廊下に入った。

突きあたりの扉が開かれる。その部屋は天井が高くがらんとしていた。奥には壇が設《しつら》えられており、壇上の椅子には人が座っている。見上げようとしたエリーゼの頭を、横に立っていたエイブリーが無理やり伏せさせた。

すると、壇上から声が降ってくる。

「……本当に、アイリスにそっくりなのだな」

「は、陛下。我が妹のエリーゼは、容姿だけなら母に瓜二《うりふた》つです」

「面《おもて》を上げよ、エリーゼ」

まだ若干肌寒さが残る季節なのに、緊張のあまりエリーゼの顔には汗がびっしり浮いていた。

「おい、エリーゼ」

そう小声で言った兄の声は、すこぶる低い。エリーゼは、ブリキの人形のようなぎこちない動きで顔を上げた。

全校生徒を集めた集会で、何かスピーチをしろと壇上に立たされた時みたいな気分だ。

実際は、今エリーゼの周りには、壇上のおじさんを合わせて数人しかいない。

優しそうな白髭《しろひげ》のおじさん、兄たち、近衛騎士数人。それだけ。

なのに、今まさに胃が溶けて消えていっているような気がする。

「精霊の加護は持たないと聞いたが」

おじさんの質問に、エリーゼは口を引き結ぶ。口を開けば吐きそうだった。

「申し訳ございません、陛下。礼儀もなっていない小娘でして」

「よいよい。アイリスもまた、自分の世界を持つ陽気な娘であったと聞いている。彼女に似ているのなら、王家にとってこれほど喜ばしいことはない」

おじさん、もとい王の言葉を受け、エイブリーは一瞬剣呑《けんのん》な空気をまとった。後ろにいるステファンも同じだろう。エリーゼの背中に突き刺さる視線が痛い。母に似ていることは、エリーゼにとって全く嬉しいことではない。けれどそのために父に可愛がられているので、兄たちにとっては羨《うらや》ましいことなのだろう。

「彼女の血が濃いのは、ひと目見てわかること。エリーゼに精霊の加護がなくとも、その子や孫に、精霊が恩恵《ギフト》をくださる確率は高い」

「おっしゃるとおりでございます、陛下。我が妹は教養や品こそ備わってはおりませんが、血筋だけは王家に悪影響を与えるものではございません。以前陛下よりお話のあった褒美《ほうび》の件について、まだ有効なのでしたらぜひ、私の妹を」

「しかし、よいのかね？　ドラゴンを倒したそなたの働きに報いるのに、わしは爵位《しゃくい》を用意しておるのだが」

王と兄がエリーゼについて何を話しているのかはもちろん気になる。だがそれよりも、エイブリーがドラゴンを倒したとは、どういうことなのか。彼との仲が険悪でなければ、まとわりついて詳しく聞き出したいくらいだ。まさにリアルファンタジー。ときめきのあまり、エリーゼの胃が多少軽くなった気がした。すると、会話の内容がよく耳に入ってくる。

「準男爵の息子という今の身分でも、王家にお仕えすることはできます。それよりも、王家の役に立つ人間がハイワーズ家にはまだいるのだということを、ご覧いただきたいのです」

それに父より上の爵位など、と小さな声でつけ加えたのが、すぐ側にいたエリーゼには聞こえた。つまり、エイブリーは父の株を上げたいのだ。爵位は何をもらうにしても、最低の爵位である父と同じかそれより上になってしまう。父至上主義のエイブリーには耐えがたい話だろう。

王は、うーむと唸《うな》ってから頷《うなず》いた。

「よいだろう。エイブリー、そなたの望みを聞き容れよう」

「は、ありがたき幸せに存じます」

「わしとしては、な……精霊に愛されし血はできるだけ、王家の血筋に広く、多く、残るようにしたいのだ。わかるか？　エイブリー」

「承知しております」

「そなたの大事な妹のことだ……快諾《かいだく》しろとは言わぬ。だが、理解してくれるだろうか……？」

「無論でございます。不肖《ふしょう》の妹も、王家の御為《おんため》ならば、身を捧《ささ》げる覚悟でございます」

不穏な言葉を聞き、エリーゼは目を瞬《しばたた》かせた。

勝手に気持ちを代弁されて狼狽《ろうばい》する彼女をよそに、王とエイブリーの話は続いていく。

「そうか、ならばよいのだが……何も無理強いするわけではない。訪れる男たちを己の目で選び、好きな相手と添い遂げればよいだけのこと。嫌なら拒んでもよいのだから」

小太りおじさんが、急にサンタクロースから痴漢に変身したように見えてエリーゼは息を呑んだ。

丸っこい小さな目が、怪しい光を放っている。

「エイブリー、妹の働きはお前の評価にも繋がる。心しておくように」

エイブリーはひざまずいて壇上の王に頭を下げた。

だが、エリーゼはただ突っ立っていることしかできなかった。

「では、エイブリー。兄であるお前自ら、エリーゼを後宮へ送るがいい。ステファン、お前には話がある。ここに残るのだ」

その王の言葉で、さすがにエリーゼも状況を理解した。ここで逃げればハイワーズ家に泥を塗ることになり、場合によってはアールジス王国を敵に回すことになる。エリーゼは頭が真っ白になった。


前世で通っていた高校は、志望校ではなかった。他に行きたい公立高校があった。中学の友達のほとんどが、そこへ行くと聞いていたからだ。ただ、成績が足りていなかったので、親や学校の先生は反対した。成績は悪いわけではなかったが、志望校のレベルはさらに高かった。

必死に勉強をすると言って、大人たちを説得した。事実、頑張って勉強した。願書もそこへ出したつもりだった。けれど家に届いた受験票は、親や先生たちが薦《すす》めていた高校のものだった。願書の封筒の中身を、母が勝手にすり替えていたのだ。


「不満か？　エリーゼ」

後宮へ向かいながらエリーゼが前世のことを思い出していると、エイブリーがそう問いかけてきた。

「どうして……」

何の断りもなく、と言いかけてエリーゼは口をつぐんだ。

そういえば、貴族の女性というのはこうして親兄弟の策略の道具にされるのが、前世の世界では歴史の常だった。特権階級の野心というのは、世界が違っても変わらないようだ。

エリーゼは一応貴族だが、庶民の子たちに交じってお小遣い稼ぎをしたり、時には食うに困って物乞《ものご》いをしたことさえあった。貴族としての誇りなんてカケラもないし、そのように教育された覚えもない。だから、素直に不満を言えばいい。そう思うのに、エリーゼは唇を結んで俯《うつむ》いた。冷たい目でエリーゼを見ていたエイブリーは、やがて口を開いた。

「自分では何もできないお前が、父上の役に立てるよう用意してやった舞台だ。できるだけ王位継承権の高い男の子供を産むように」

「……どういうこと、ですか」

「ああ、お前は後宮の仕組みを知らないのか」

蔑《さげす》むような目で見下ろされる。騎士として取り立てられたエイブリー。そしてステファンも謁見の間を去る際、王に引きとめられていた。手先が器用な彼は、王家から細工物を頼まれることもある。彼らに並び立つことのできる能力を、自分は持っているだろうか。

エリーゼはいよいよ何も言えなくなる。

「これからは後宮がお前の家になる。屋敷に戻ってきてもかまわないが、居場所などないと思え」

居場所がないのは元からだ。それより、後宮に入っても屋敷に戻れるとはどういうことなのか？

エリーゼの知識にある後宮は、生涯出ることのできない王様のハーレムだ。首を傾げながら、エイブリーの話の続きを聞いた。

「第一王子が王宮に居つかない。それを憂慮《ゆうりょ》した陛下が、女好きの第一王子をおびき寄せるため、数年前に後宮を設けられたのだ」

エイブリーと仲が悪くなければ、思いきりツッコミを入れたい話だった。

「後宮には国中の美女や、卓越した能力を持つ女性が揃っている。王宮に寄りつかなくなった第一王子も、最近はお戻りになることが増えたそうだ」

この国の後宮は、王様ではなく王子様のために存在しているらしい。

「そこにお前も入れるのだ。光栄に思え」

「あの、お兄様」

「なんだ？」

「……いくつか質問があります」

兄の冷たい視線に怯《ひる》みそうになりながら、エリーゼは続けた。

「王位継承権が高い男の……って言ってましたけど、相手は第一王子だけじゃないんですか？」

「王のためだけの後宮というものも遠い国にはあるらしいが、アールジス王国においては違う。一夫一妻が基本だが、地位の高い貴族には子を生む義務が発生する」

「……結婚しても交際は自由、と？」

「貴族は娘が年頃になると、アールジス王国を守護する精霊と契約させる。その時定めた契約内容に合致しない男との交わりは、精霊によって阻《はば》まれる」

エイブリーの話はよく理解できなかったが、一つだけわかったのは、大事な娘に手を出そうとする狼藉者《ろうぜきもの》がいても、精霊が追い払ってくれるということだ。

けれど、どちらかというと貴族にとって策略の道具である娘が、身分違いの恋や駆け落ちをするのを防ぐための契約のような気がする。

「お前は処女だろうな？」

「……は!?　い、いきなりなんですか！」

いくら実の兄でも、言っていいことと悪いことがあるだろう。エリーゼは、思わず兄を凝視してしまった。

「お前も、その契約を結ぶことになる。準男爵の娘という身分から考えて、王位継承権百位程度までの貴族がお前の相手になるだろう。このあと、お前は守護精霊の御代《みしろ》に触れることになる。もしも処女でなかったとして、それを俺たちに隠しているとしても、精霊の目をごまかすのは不可能だ」

「ごまかしてなんかいませんよ！　正真正銘の乙女です！」

「そうか。……悪かったな」

前世も含めてな！　悪いか畜生！　と内心で憤慨《ふんがい》しながら言うと、なぜか謝られた。あのエイブリーに。

「……おに、お兄様……？　お、お、おかか加減がよろしくなかったり、なくなかったりするのではないでするか？」

「おかしな敬語を使うぐらいなら、いつものように黙っていろ」

そう突き放すように言ってから、エイブリーは無言になる。そんな彼に続き、エリーゼは渡り廊下を進んでいった。

長い廊下を進むとやがて目の前に庭園が現れる。その向こうに白い建物が見えた。

「あれが後宮ですか？」

「ああ。今は後宮として使われているが、元は水晶宮という名の離宮だ。王子殿下以外の男の立ち入りも可能であり、後宮の女たちも自由に外に出られる」

やはり、エリーゼが知る後宮とはだいぶ違うようだ。いまいちピンとこないが、出入りが認められているというのなら、できるだけ後宮には留まっていたくない。一人の男の寵愛《ちょうあい》をめぐって争うわけではないのだし、女たちのバトルもそれほどではないだろう。お気に入りの男性が被ったら大変なのかもしれないが。

万が一にもないこととはいえ、偉い人に気に入られでもしたらと思うと、恐ろしい。ただでさえ兄たちとの仲が険悪なのに、これ以上敵を増やすなんてご免である。エリーゼ自身に大した魅力はなくとも、精霊バンクに入っているお金のことを知ったら、興味を持つ男性もいるだろう。何せ十年前の時点で、正貨の白銀貨四枚に相当する額が振り込まれていたのだ。今はどうなっているのか、考えるだけで足が震える。

とにかく王としては、王子でなくとも国の誰かがエリーゼに子供を作らせればそれでよし、と考えているようだった。精霊に加護されている子供が、国に生まれるということが重要らしい。王位継承権百位以内の男子がエリーゼの相手候補だというが、この後宮においてエリーゼの立場は非常に弱い。エリーゼに選ぶ権利があるとは思えない。

「お前の頑張り次第では、精霊の契約は更改され、より王位継承順位の高い候補者を相手にすることもできるだろう」

「お兄様、私が後宮でヘマをしたらどうするつもりですか？」

「後宮というものは元来、不審死の多い場所らしいな」

どうやらハイワーズ家――ひいては父の顔に泥を塗るようなヘマをしたら、不審死として処理されるようだ。他ならない血を分けた兄の手によって。

お父様のために頑張らなくてはバッドエンド。

それが嫌なら、王子またはそれに準じる偉い人と仲良くしろと？　なんという無茶振り。

エリーゼは頭を抱えた。今吐いたら、溶けかけの胃が出てくるかもしれない。

「ちなみに、第一王子はランクBという凄腕の冒険者でもあらせられるそうだ。案外、お前が先頃していたようなバカげた格好をお気に召されるかもしれないぞ」

第一王子が行方不明になっても誘拐を疑われない理由を理解して、エリーゼは嘆息《たんそく》した。

この世界の文字をアルファベットに置き換えてわかりやすく説明すると、冒険者ランクは上から順にS、A、B、C、D、E、F、Gまである。Sより上にもSSなどの特別なランクがあるが、そこまでいくともはや勇者レベル、伝説の域である。Gは初心者で、そこからEぐらいまではまだ半人前。普通の冒険者はDで、一流と呼ばれる冒険者でもCである。

もしかしたら、王子という身分によって贔屓《ひいき》されているのかもしれないが、ランクBといえば、もはや雲の上の人。エリーゼは素直に尊敬してしまった。

だからこそ余計に思う。そんな第一王子の心を射止めろだなんて、ハードルが高すぎる。嘲笑《あざわら》う兄の口もとを見るに、期待なんてもちろんされていないだろうが。

「俺はここまでだ。出入りすることは特に禁止されていないが、王位継承権を認められていない男は歓迎されない。中に入り、女官長に案内を請うがいい。父上には、お前が父上のために努力していると伝えておいてやる」

兄にしてみれば、目障りな妹をやっと追い払えるといったところだろう。加えて父の名声を高めるための駒にもなるし、邪魔になったらどうにでもできる。去っていく兄の長靴の音が、呆然としているエリーゼの背後で響く。

目の前に立つ白亜の柱を見ながら、エリーゼは思い出した。高校の合格通知が届いた時、喜ぶ母に、怒ることも苛立《いらだ》ちをぶつけることもできなかった。ただひどい脱力感に襲われて、足から力が抜けていく。それからしばらく、立つことすらできなかった。

後宮を前にして、あの時の無力感に似たものを覚える。萎《な》えそうになる足を無理やり動かして、エリーゼは中に入った。

エイブリーが夜半に屋敷へ戻ると、ステファンが部屋に閉じこもっていると使用人から報告があった。数刻の間、部屋からの破壊音がやまないらしい。ガラスの砕ける高い音が玄関ホールまで届いたのを聞いて、エイブリーは眉根を寄せた。

「ステファンはまだ、あれを部屋に入れたことに苛立っているのか？」

「はい。わたくしどもはもう、心配で……」

「食事をお召し上がりにもなりませんで……」

口々に言い、廊下の奥を心配そうに見つめる使用人たちを、エイブリーは眺めた。

彼らのお仕着せは落ちついた白茶色の生地で作ったものに揃えている。だが容姿や身分は様々だった。騎士団に入り、王宮におけるハイワーズ家の評価が芳《かんば》しくないことを知った時から、この屋敷の改革を試みたのだ。

エイブリーが定めた使用人の選考基準は、忠実さ。あらゆる常識や倫理、身分や宗教を越えてハイワーズ家を――ひいては父を選ぶことのできる人間。エイブリーやステファンに心酔してハイワーズ家に仕えることを選んだ者たちは、父に対しても忠実だった。

父を知れば、人びとは自然と膝を折る。彼の顔色を窺《うかが》わずにはいられず、彼の一言のために死ぬことすら厭《いと》わない。

エイブリーにとって、それはごく自然な現象であり、当然のなりゆきだった。

彼が八歳の時、エリーゼが生まれてくるまでは。

「ステファン、入るぞ」

返事が返ってくる前に扉を開いたエイブリーを、部屋の中央にいたステファンが睨《にら》んだ。金づちを持ち、へたり込むように床に腰を下ろしている。その周りにはガラスや木片が散乱していた。

父に靴を与えられるまで裸足《はだし》で屋敷内を歩いていたエリーゼなら、すぐに足を傷だらけにしていたに違いない。押し黙って泣くのをこらえているエリーゼを、父が甘やかに微笑んで抱き上げる。そんなことが過去にあったわけではないのに、その光景が浮かんできて、エイブリーは口を曲げた。

「……どんな細工でも、母上は喜んでくださるだろうに。なぜこんなバカげたことをする。あれに見られたのがそんなに嫌だったか？　それほどまでにあれが嫌いか？」

工作物の残骸を踏み越えて、エイブリーはステファンの近くに寄った。ステファンは急に力を失ったかのようにうなだれた。そして金づちを持つ手を小刻みに震わせて言った。

「見下されたんだ」

「お前が？」

誰に、とエイブリーが息を吐くように言うと、「あいつは」とステファンは呟《つぶや》いた。

「僕を、嘲笑《あざわら》うような目で見た」

「あの弱いのが？　いつもおどおどして、人を見れば殺人鬼にでも遭《あ》ったかのような顔をして逃げるあれがか。そんなこと、できるわけがない」

「あいつは僕に言ったんだ。――どうしてそんなに父上が好きなのか？　って」

「……相変わらず、あれは父上の素晴らしさも理解できない虫けらだな」

吐き捨てるように言ったエイブリーを、ステファンは緩慢《かんまん》な動作で見上げた。父にも母にも似ていない藍色の目には、その憔悴《しょうすい》ぶりを表すように隈《くま》ができている。

「僕はあいつのその問いに、答えられなかったんだ」

ステファンの言葉を、エイブリーは鼻で笑った。

「答える必要などない。わかりきったことだ。愛することに理由が必要か？　父祖《ふそ》に敬愛の念を抱くことは、ごく自然なことだ。褒《ほ》められこそすれ、誹《そし》られることではない。あれがお前に何を言った？」

「問うことしかしなかった。……僕が首を絞めて殺そうとしても」

「絞め殺す？　何をやっているんだ、お前は」

呆れたように言うエイブリーに、ステファンは溜息《ためいき》を吐《つ》き、言った。

「わかってる。僕にとってどんなに価値のない命でも、あいつは父上の子で、父上のものだ。父上が目をかけている以上、よほどのことがない限り死なせちゃいけない」

「わかっているのなら、なぜそんなことをした」

「言っただろう？　見下されたんだ。あいつは母上に似ているからって、調子に乗ってるんだ。でも母上に似ているだけあって、僕にもわからないことがわかるのかもしれない。あいつはきっと、父上が尊敬されるべき理由を知ってるんだ」

「――どうしてそう思う？」

「父上にも母上にも似ていない僕を見下した。答えられない僕を見下した……！　あいつは笑ったんだ。そして心底不思議そうな目で見てきやがった……ッ。まるで理解できないって顔で！　父上を好きじゃないなんてぬかしたけど、きっと僕を試したんだ。あいつ自身は答えを知っているから！　まるで高みから見下ろすような目で僕を――」

「ステファン、落ちつけ」

エイブリーが伸ばした腕を、ステファンは金づちを振って追い払った。

「落ちつけるもんか。……父上に似ている兄上に、僕の気持ちなんてわかるはずがない！　本当に自分が父上と母上の子供なのかって、不安になったこともないだろう？」

睨《にら》み上げてくるステファンの目には、涙が浮かんでいた。藍色の瞳の中で涙が銀色に光って、小さな星が瞬《またた》いているように見える。

父の瞳に映る光に似ている。エイブリーがそう口にする前に、ステファンは頬《ほお》を赤く染めてまくしたてた。

「もしかしたら父上の子じゃなくて、将来使える駒になりそうだから拾われて、育てられたんじゃないかって！　子供として扱われているのは父上の気まぐれで、父上に飽きられたら終わってしまうような、儚《はかな》い幸運なんじゃないかって！　いらなくなったら捨てられてしまうかもしれないっていう不安に苛《さいな》まれながら、いつも母上に献上する銀細工を作っている。こんな思い、兄上はしたこともないだろう！」

「父上は、厳しく残酷な方だ。だが、嘘を吐《つ》いたりなどしない」

「僕だってそう思おうとしたさ。だけど、あの役に立たない妹が愛《め》でられているのを見るたびに思うんだ。本当の子供だから、あんなふうに可愛がられるんじゃないかって！」

「それは俺に対する侮辱《ぶじょく》ともとれるぞ」

剣呑《けんのん》な空気をまとったエイブリーを見て、ステファンは笑いながら言った。

「わかってる、わかってるさ！　兄上は父上の子。そんなの顔を見れば、火を見るよりも明らかだよ！　僕とは違ってね。あの妹が可愛がられている理由も明らかだ。母上に似ているから。父上のためになることをしなければ、お言葉すらかけてもらえない僕たちとは存在のレベルが違うんだ」

涙を流しながらも、ステファンは笑って言う。

「あいつの肌に触れたことがある？　母上と同じ触り心地の肌、母上と同じ声を出す喉《のど》！　あんなふうに生まれるなんて、ずるい。兄上だってそう思うだろう？」

父に抱き上げられるエリーゼの姿が脳裏に浮かんで、エイブリーは顔をしかめた。

ステファンは目を細めて言う。

「あいつは父上のためになることを、自分からは何もしない。それでも可愛がられるのを見せつけて、僕たちをバカにしているんだ」

自分自身の言葉でさらに興奮したように、ステファンは叫んだ。

「……あの余裕が、喉から手が出るほど欲しいんだよ。僕はあいつの全てが、死ぬほど羨《うらや》ましいんだ！」

「お前の言葉を否定するつもりはない」

エイブリーは静かな声で続けた。

「だが父上にご迷惑をおかけすることになる。だから死ぬな」

「……わかってる」

「それに、あれは羨《うらや》ましがるほどの存在ではない」

「見栄を張ってどうするんだ？　兄上だって、できることならあいつを殺したいと思っているくせに」

「殺すほどの価値もない」

「どうしてそう思う？」

「父上に敬意の念を抱いていない……あれはそのようなことをお前に言ったのだろうが、おそらく真実だろう。父上の素晴らしさは、あまりにも魂の位《くらい》がかけ離れた者には理解できないのだ。……虫けらに、月の美しさを理解することができないようにな」

　エイブリーの顔をまじまじと見たあと、ステファンはふっ切れたように哄笑《こうしょう》した。

「もしもあいつが本気でそう思ってるんだったら、同情するよ。父上の素晴らしさは自明の理なのに……。一度、医者か教会にでも連れていってやるべきかもしれない。父祖《ふそ》に敬意を抱けないなんて、おかしいとしか思えない」

「そうだな。あれは一度医者のところにでも放りこんだほうがいいかもしれん。——だがその前に、お前はもう寝るべきだ、ステファン。顔色が悪い」

「父上にも母上にも似ていないこんな顔、どうだっていい」

「もうその話はよせ。父上がお前を息子だという、その言葉を信じるんだ」

「そう……だね。父上の言葉なら――」

力なく言って顔を伏せたステファンの手から金づちを取り上げ、エイブリーは彼の身体を支えた。

ステファンはぐったりと身を任せ、頬《ほお》に涙の跡を残したまま目を閉じていた。

「ここは今夜中に片付けさせよう。お前は今夜、隣の部屋で寝るんだ。いいな？」

「……わかった。手を貸してもらわなくても歩けるよ」

「このままでいい。ふらふらして、散乱したガラクタの中に突っ込むのが落ちだろう。部屋までついて行ってやる」

「――ありがとう、兄上」

ステファンを支えながら、エイブリーはゆっくりと部屋の外に出ていった。


同じ頃、後宮に入ったエリーゼは有無を言わさず奥に通され、迷路のような廊下を歩かされていた。やがてたどりついた部屋には、厳《いか》めしい顔をした白髪交じりの女性がいた。その女性は自らを女官長と名乗ると、エリーゼを人の顔くらいの大きさの水晶玉に触れさせた。大聖堂でのことを思い出してエリーゼは緊張したが、血反吐《ちへど》は吐かなかった。女官長は事務的な調子で後宮の説明をしたあと、シーザという女の子を侍女としてエリーゼにつけた。

水晶宮は、後宮という名の社交場らしい。エリーゼは後宮に所属する準男爵令嬢という立ち位置だ。それは王族の妃候補という意味で、名誉なことだという。精霊との契約で設定された王位継承権保持者以外の男には触れられなくなるものの、制限はそれだけで、出入りは完全に自由。つまり、貴族の男性との会食や面会の予定さえ入っていなければ、いつでも冒険に出られるということだ。冒険者になるという夢を諦める必要はなさそうなので、エリーゼは一安心した。

翌日、早くもエリーゼは後宮から脱出していた。

後宮でも一番地味な服を着た彼女が歩いているのは、王の道という大通りだ。石畳を踏みしめて、ゆるやかな人の流れを逆に歩いていく。

やがて大通りから逸《そ》れて西へ向かいながら、前世のことを思い出す。

高校に入学した当初は不登校をしていたが、二週間もしないうちにクラスメイトが迎えに来て、登校を再開することになった。そしてあっという間に高校生活が楽しくなった。志望していた高校よりも制服が可愛かったことも大きかった。

友達もいっぱいできた。学力が離れていたかつての友人たちよりも、同じぐらいのレベルの子たちのほうがずっと話しやすいことにも気づいた。結局のところ、入試の成績は本来の志望校に入るには足りなかったのだ。滑り止めの私立は受験していなかったため、母が願書のすり替えをしていなければ、進学できなかっただろう。だから、願書をすり替えられたことを母に感謝した。

後宮も慣れてしまえば、案外楽しめるかもしれない。実家でも貧しくはあったが、それなりに生活できていた。けれど、後宮に入れば生活水準は確実に向上する。守護精霊との契約によってエリーゼは特定の男性としか接触できないが、出入りは基本的に自由なので束縛感も少ない。

（けど、やっぱり今一番やりたいのは――やるべきなのは冒険者だから）

冒険者になりたいのは、冒険心だけでなく、恐怖心からでもある。エリーゼは前世の、それも異世界の記憶を持っていることを知られるのが怖かった。トランプの特許だけであれだけのお金が稼げるのだから、前世の知識は利用価値が高く、知られれば良からぬ人間から狙われかねない。変わり者が多い冒険者ギルドは、そんなエリーゼにとっての隠れ蓑《みの》になる。

やがて冒険者ギルドにたどりつくと、エリーゼは中に入って受付に並んだ。

酒場のような薄暗い雰囲気。男たちの大半は鎧《よろい》姿だ。だがその中には礼服や、奇抜な格好の男もいる。冒険者ギルドというのは、ならず者と変わり者の巣窟《そうくつ》なのだ。

「――嬢ちゃん、おい、順番だぜ」

「あ、すみません、お待たせしてしまって」

ハッとして謝りながらカウンターに近づくと、受付に座っている大柄の男が顔をしかめた。エリーゼの服は、先刻までのドレスよりは格段に劣《おと》るが、それでも上等の絹でできている。

「道にでも迷ったのか、嬢ちゃん。こんなところに来るもんじゃない」

受付の男は厳《いか》つい顔で心配そうに言い、周りを見回した。

エリーゼは、自分に向けられるいくつもの視線に気づいていた。殺気とまでは言わないものの、温かみのこもった視線など一つもない。ここは冒険者ギルド。アルコールと、血と、饐《す》えた肉のような臭いがする。周りも、人相がいいとはとても言えない男たちばかりだ。

「大丈夫です。ここで合ってます……ギルドカードを作って欲しいのですが」

「家に借金でもあんのかい？　嬢ちゃんは知らないかもしれないが、その服を売れば、多少の金になる」

「いえ、そういうことではないので」

お気遣いありがとうございます、とエリーゼは困惑しつつ言った。

確かに、年頃の女の子が冒険者を志《こころざ》すなんて、普通ありえないだろう。けれど、だからこそ、エリーゼにとっては意味があった。

「伝説の勇者や女騎士に憧れたか？　現実はそう甘くねえんだぞ」

冒険者という言葉の響きに対する憧れはもちろんある。それが顔に出ていたのだろう。受付の男はエリーゼを追い払うように手を振った。

「悪いことは言わねえから、家に帰んな」

「心配してくれるのは嬉しいですが」

「嬢ちゃん成人したばかりだろう？　親に言ってきたのか？」

「成人しているので、親の許可を取る必要はないと思いますが？」

「帰る家があるうちは、まともな人間は冒険者になんかならないもんだ。金が欲しいんなら、家業を継ぐか結婚しちまいな」

受付の男は何を言っても、エリーゼに登録させるつもりはないようだった。登録するには、カウンターの内側にある水晶玉に触れなくてはならない。大聖堂の水晶玉と同じで、精霊が司《つかさど》るものだ。触れて名前を言ってしまえば、あとは精霊とエリーゼの契約になる。だが男の様子を見るに、水晶玉を触らせてくれそうにはなかった。

エリーゼは途方に暮れた。およそ冒険者に相応《ふさわ》しくない人間でも、ギルドへの登録はできると聞いていたのに。

「困ります、登録できなきゃ」

「何も困ることなんかないだろう。帰んな、ここはお嬢ちゃんが来るような場所じゃないんだ。二度と来るんじゃねえ」

男は、シッシッとでも言うように手を振り、追い払おうとした。

冒険者というのは、ランクCまでいけばひとかどの人物として扱われるし、それ以上のランクとなれば尊敬や崇拝《すうはい》の対象にもなり得る。だが、それでも粗暴な印象は拭えない。D以下の人びとは、ただのゴロツキと変わらない。賃金が高いだけの短期労働者だ。不安定な職業だし、仕事内容も魔物退治をはじめとして危険なものが多い。血に飢えた、野蛮《やばん》な人たち。それが、この世界での認識。

だが、そんな世界に入らずに帰れというのが親切心からだとわかっていても、エリーゼは声を荒らげずにはいられなかった。

「帰れる家があったら、こんなところに来てません！」

「……家がないなら、まず着てるものを売りな。宿代くらいにはなる。もっとマシな仕事の紹介くらいはしてやろう」

「お節介は、ギルド職員の職務範囲に含まれているんですか!?　規定には反していないはずです！」

「だがな――」

「別に、今すぐこの格好で冒険の旅に出ます、って言ってるんじゃないんですよ？　ただ登録しておきたいだけなんです」

「登録したら、こなさなきゃならねえノルマがあるんだよ。それを破ったら登録取消。再登録は難しいぞ」

「お金を払えばいいんでしょう」

「やっぱり嬢ちゃん、家出してきた貴族だな？　貴族ってのは、すぐに金で解決したがる。バカみたいに身綺麗な格好してきやがって、危ないやつらに目をつけられたかもしれねえぞ。家に連絡してやるから、家名を教えな――」

「精霊の御代《みしろ》に触らせてくれたら言いますよ！」

エリーゼは歯噛みした。せっかく後宮を抜け出して来たのに、登録さえさせてもらえないなんて。冒険者というのは因果な稼業《かぎょう》だ。どんなに優れた者でも、運が悪ければ迷宮で死んでしまう。どんなに劣《おと》った者でも、迷宮からたまたま持ち帰った石が実は幻の金属といわれるオリハルコンの鉱石だったなんてことがあれば、一瞬で大金持ちになってしまう。だから冒険者になっておけば、後々エリーゼが金を持っている理由を訊《たず》ねられても言い訳ができる。その反面、商売というよりは称号のようなものなので、貴族でも王族でもなれるのだ。

その混沌の中に隠れられないのなら、今日のエリーゼはただ目立つだけの存在になってしまう。カウンターの男が言うように、良からぬ人間に目をつけられた可能性もある。色々なことがあって、頭に血が上っていたかもしれない。エリーゼは溜息《ためいき》を吐《つ》こうとした。

その時、すぐ後ろで大きく深い溜息が聞こえて、エリーゼは自分の溜息を呑みこんだ。

「マスター、この人は諦めませんよ。ぴーぴーぎゃーぎゃーうるさいので、さっさと登録させてあげてください」

「お前には関係ねえことだ、魔法使い」

「関係ありますよ。……そうでしょう？」

振り返ったエリーゼの後ろで、彼女より拳《こぶし》一つ分ほど背の低い少年が小首を傾げていた。

夜の森に銀の星が散ったような父譲りの瞳、母のそれよりもずっと明るい紅《くれない》の髪。少し毛先がくるんとなる癖と、目の形が母と……エリーゼともよく似ている。

「リールっ！」

「姉さん、言ったはずですよ」

冷え冷えとした弟の声が、喜色満面で近づこうとしたエリーゼの足を止めた。

「冒険者ギルドに来るなら、早朝からお昼の間にしてくださいって。ここがどれだけ危険な場所なのかあれほど言っておいたのに。もう夕方じゃないですか。それに、なんなんですかその絹のスカート。誘拐されにでも来たんですか？　貴女の顔は平凡ですが、決して悪いというわけではないんです。冒険者ギルドなんて所詮は犯罪者のたまり場でしかないと、口を酸《す》っぱくして忠告したはずですが」

何か言いたいことは？　とばかりに間を空けられて、エリーゼはへらりと笑った。

「心配してくれたんだー」

「言うに事欠いてそれですか」

兄たちによく似た冷たい声でリールは言った。それでもエリーゼは頬《ほお》を緩《ゆる》ませた。

弟のリール、十四歳。エリーゼの一つ年下だ。成人していないからギルド登録はしていない。だが、得意の魔法を駆使し冒険者たちにその実力を見せつけることで、ギルドを介さず冒険者のパーティに入れてもらい、十歳で迷宮デビューを果たしている。エリーゼにとっては尊敬すべき先輩でもある、天才少年だった。

第三章　精霊の呪い

「ギルドマスターだったんですかー」

へー、とエリーゼは棒読みのような調子で言った。

カウンターにいた大男――ギルドマスターは渋々といった様子でカウンターの裏から水晶玉を引っぱり出した。大聖堂にあるものより小さい、占い師が使いそうな掌《てのひら》サイズの水晶玉だ。こちらはふわふわと浮いたりもしないらしく、カウンターの上にどっしりと乗っかっている。

「いくら天才魔法使いの姉っつったって、俺はまだ反対だぜ。魔法使い、お前姉ちゃんを守ってやれんのか？」

「ハァ？　守る？　どうしてボクがそんなことをしなきゃいけないんですか」

リールが素《す》っ頓狂《とんきょう》な声をあげたので、ギルドマスターは戸惑ったように眉根を寄せた。

「お前の実の姉ちゃんなんだろう？　しかも、見るからに弱そうだ。お前がついていてやらなきゃ、どうなるかわからないぞ」

「まさかマスター、ボクに姉さんを連れて迷宮に入れとでも言っているんですか？　……冗談でしょう。こんな人連れて行っても、足手まといにしかなりませんよ」

リールはそう言って鼻で笑う。エリーゼは苦笑いを浮かべた。

「そこまで辛辣《しんらつ》な言い方しなくたって」

「ボクは事実しか口にしません。魔法使いですから」

どうやら魔法使いが嘘を吐《つ》くと、その相手に対する魔法の威力が下がってしまうらしい。それはエリーゼも聞いたことがある。

「魔法使いって色々と大変だよね」

「魔法の才能があるだけ、貴女よりもよほど楽だと思いますが」

にべもなく言うリール。エリーゼが肩を落としていると、ギルドマスターが溜息《ためいき》を吐《つ》いた。

「まあ、いい。どうしても登録しなきゃ気が済まねえって言うなら、俺はもう止めない」

「マスターこそ、余計な世話焼きもほどほどに。姉さんだってバカじゃない。身の丈に合わない依頼なんて受けないし、無駄に命を懸けたりもしない。……あと、姉さんでもできそうな簡単な依頼なんて、そうそうありませんよ？　登録したところで最低限のノルマもこなせないようでは、ひと月で資格は失われてしまいますが」

「違約金を払う用意があるようなことを言ってたぞ、お前の姉ちゃんは」

「銀貨五枚ですよ？　――今までゴミみたいな仕事しかしてこなかったのに、そんなお金どこから出すんです？」

「ゴミってひどい！　確かにゴミ拾いならたくさんしてきたけど」

「言っておきますけど、ボクは絶対に手伝いませんよ。姉さんの面倒を見る余裕なんて、ボクにはありませんから」

「よく言うな、稀代《きだい》の魔法使い。大賢者に最も近いとまで言われてるくせによ」

ギルドマスターは呆れたように言った。

その話はエリーゼにとって初耳だった。彼女が好奇心に輝く目で見ると、リールは嫌そうな顔をした。

「……ボクが成人していないのに迷宮に入っているから、みんな珍しがっているだけでしょう。マスターも余計なことを言わないでくださいよ。姉さんに頼りにされたら鬱陶《うっとう》しいので」

「魔法使い、お前姉ちゃんのこと一体どう思ってんだ？」

「ただのツンデレですよ、気にしないでください」

エリーゼの言葉に訝《いぶか》しげな顔をしながらも、ギルドマスターは頷《うなず》いた。

エリーゼはリールを横目でちらりと見た。弟の反応をツンデレの範囲に収めてしまっていいものかはわからない。彼は彼なりに、エリーゼのことを心配してくれているようだ。けれど会話をしている時、不意に苦痛を堪《こら》えるような顔をすることがある。

心配をしてくれているのは家族としての義理で、本当は嫌いなのかもしれない。いつか兄たちのように、エリーゼを冷たい刃のような目で見すえるようになるのではないか。だが、それを問う勇気は彼女にはなかった。

リールは、エリーゼが成人したら冒険者になると決めていたことを知っている。けれど、行方をくらまそうとしていたのは知らないはずだ。エリーゼは、別れを告げるリール宛の手紙を冒険者ギルドに託《たく》すつもりだった。直接言う勇気はなかった。家族で一番長い時間を一緒に過ごしたリールに、自分が消えてもどうということもないという顔をされたら、立ち直れる気がしなかったからだ。

「……エリーゼ・アラルド・ハイワーズ」

エリーゼはさっさと登録してしまおうと決め、気を取り直して水晶玉に触れた。掌《てのひら》に静電気のようなものを感じたと思ったら、立体映像が出てくる。そこにはこう書いてあった。


【市民カードを提示してください】


「あ、市民カードないです」

「ない？　嬢ちゃん、いつ成人したんだ」

「今日です」

開いた口がふさがらないという顔をしたギルドマスターに、エリーゼはむっとした。完全に変人扱いされている気がする。

「成人してれば、ギルドカードを作れるんですよね？　早く作ってください」

「はいはい世間知らずのお嬢ちゃん、と。魔物と戦う前に、弟に色々聞かないと駄目だからな」

ふくれるエリーゼと、「なんでボクが」と不満の声をあげるリールにはおかまいなしで、ギルドマスターは白灰色をした無地のカードをカウンターの下から取り出した。

「先に説明しとくが、ギルドカードは持ち主が手放すと、近くの精霊の御代《みしろ》に吸収される。で、次にお前が触れた精霊の御代から取り出すことが可能だ。つまり、失くしても大抵は戻ってくる。だが、時に個別認証が不可能なほど壊れちまうことがある。冒険者に戻りたければ——罰金として白銀貨一枚が必要だ。よく覚えておけ」

「正貨《せいか》で、じゃ……ないですよね？」

「あたりまえだ。正貨なんて、そうそう手に入らねえだろう」

正貨でないとしても、白銀貨一枚は日本円にして、およそ二五〇万円である。

ギルドカードは基本的に失くしてはいけないということ。失くしてしまったら冒険者を辞めることも考えるべきだということ。凄腕の冒険者は儲《もう》かるので、白銀貨一枚分の罰金くらい払えてしまうため、失くしても痛手にはならないらしい。

エリーゼが頷《うなず》いて無地のカードを受け取ると、目の前の立体映像に文字が現れる。

【エリーゼ・アラルド・ハイワーズの冒険者登録が完了しました】

登録は速やかに行われた。だが、水晶玉の主——精霊が、エリーゼを前に大聖堂に来た人間と同一人物だと理解したらしい。その瞬間、いくつもの文字が頭に浮かんできて、エリーゼは水晶玉から飛びのいた。

「わっとぅ！　……ええと、あ？　うん？　何？」

「何、はボクたちの台詞《せりふ》ですよ。いきなり何ですか？」

「べつに何でもないよ」

——特許の使用申請がなんたらかんたら。入金がうんちゃらかんちゃら。

どうやら精霊はこちらの考えていることを読むだけでなく、逆に頭の中に直接情報を送り込むこともできるらしい。ものすごくたくさんの使用申請がきていることがすぐにわかって、エリーゼは胃が気持ち悪くなった。大聖堂がトラウマになった原因である、吐血だけはしまいとエリーゼは口を引き結ぶ。

だが十年も経っているのだ。メールじみたお知らせがたくさん溜まっていても、おかしくないだろう。大聖堂に近づけないため、これまではお金の引き落としもできなかった。だが、これからは冒険者ギルドの御代《みしろ》でお金の管理が可能になる。特許の申請などのお役所的な業務はできないものの、冒険者ギルドのそれは、他のギルドのものと比べてハイスペックだ。

これでようやく色々なことができる。本当は成人を機にこの街から脱出したかったが、それはすぐには叶わない。十年前とは状況が変わってしまった。抜け出すことは可能だけれど、エリーゼは後宮に囚《とら》われている。

こうしてすぐに胃を悪くするほどの気弱でさえなかったら、十年前、お金を下ろして家計を助けることもできたかもしれない。それにより、兄たちとの関係を違ったものにできたかもしれない。エリーゼは結局これまで、家のために何もできていない。自らの食い扶持《ぶち》を稼ぐので精いっぱいで、家にお金を入れるなど夢のまた夢だった。

家に対して兄たちほどの思い入れはなかったが、生まれたのは両親のおかげだし、死なない程度に面倒を見てくれた姉には感謝していた。ごくたまにではあるが、睨《にら》みがてら様子を見にきていた兄たちにも、感謝するべきなのかもしれない。

（……でもやっぱり、前世の記憶を持ってることを知られるのが恐くて、お金のことは言えなかったかもしれないな）

必要なもの以外を買うのは控えたほうがいいだろう。けれど、たまの贅沢《ぜいたく》に蜂蜜《はちみつ》を買うぐらいはいいかもしれない、と考えつつ、エリーゼは手の中のカードを見下ろした。

次の瞬間、エリーゼは思わず悲鳴をあげた。周囲が何事かという視線を向けてくる。エリーゼはカードを胸に抱え込んで隠した。

幸い、誰もカードの内容は見ていないようだった。だが、反応はしっかり見られてしまった。

「……なんですか、カードを見せてください」

すかさず言ってきたリールに、エリーゼは無言で首を横に振った。不愉快そうに眉根を寄せながら、リールは言い募《つの》った。

「ボクは貴女の弟ですよ」

「いや、でも……」

ギルド中の視線がエリーゼに集まっている。大部分を占める、いかにもならず者といった様子の男たちは、にやにやとして、下卑《げび》た好奇心を隠しもしない。

市民カードは、簡単な身分証にしかならない。精霊が記載してくれるのは、名前と年齢と職業くらいだ。だが各ギルドのカードには、それぞれの職種に必要な機能が備わっている。

冒険者ギルドのカードには、ステータスが書かれる。名刺より少し大きいくらいのサイズなので、必要な情報がすべて書かれるとなると文字が相当小さくなるが、そういう仕様ではない。カードから、見たいと思った情報が立体映像のように浮かび上がるのだ。それはパーティメンバーを募る時などに重要な情報となるため、他人にも閲覧《えつらん》可能だった。

精霊が審査してくれるので、精度は抜群だ。恩恵《ギフト》という、精霊から稀《まれ》に与えられるが自分ではなかなか気づかない特殊技能が表示されることもある。ただこれが曲者《くせもの》で、良いものばかりではないらしい。

にやにやしながらエリーゼを見ている男たちは、彼女がうら若き乙女には恥ずかしい恩恵《ギフト》を得たとでも思っているのだろう。冒険初心者の女性には、ありがちな悩みだそうだ。

「なんですか。ものによっては兄上たちに相談しなくてはなりません。ハイワーズ家の恥になったら困りますから」

「だめ。大丈夫……じゃないけど……別に恥になるようなことじゃないよ」

「わかりません。姉さんは人とずれていますから。貴女はバカではないですが、聡明でもありません。自分の頭で考えて、最善の答えが見つけられると思わないでください」

「リールって、前から思ってたけど私のこと嫌い⁉」

「……嫌いというほどでは」

少し間を空けて答えたあと、リールは舌打ちした。やはり、嫌いなのではないだろうか。

エリーゼは目を潤《うる》ませた。リールのことはかなり可愛がってきたつもりだった。父以外に興味がない兄たちは、衣食住という最低限の面倒は見てやっていたものの、それ以外はリールに構おうという素振りすら見せたことがない。

遊んであげたのはもちろん、言葉や文字、計算などを教えたのはエリーゼだった。小さい頃はリールが言う「ゴミみたいな仕事」もできなかったから、たまに帰ってくる姉にもらうわずかなお小遣いをやりくりしながら、父の書斎にはない子供用の絵本を買ってやったこともある。

父に対する心酔ぶりも兄たちほどではない。それなのに、気がついた時にはエリーゼに対してツンツンしていた。兄たちのことがあるため、嫌われているんじゃないかと不安になることもあるし、ただの反抗期かもしれないとも思う。だが今は、それについて考えている場合ではなかった。

「言ってください、姉さん。何があったんですか？　ここでは言えない話ですか？」

強い口調で問い詰められ、エリーゼは仕方なくステータスを表示させた。ちょうど前世でプレイしたゲームのステータス画面に似ている。念じるだけで開くが、絶対に見せたくないと思っているうちは誰にも見えない。現に、リールにはまだ見えていないようだ。

旅をすることの多い冒険者の必需品。水晶玉のあるところではクレジットカードのように使うことができ、精霊バンクに預けている所持金の額まで常にわかるご親切な仕様が胃に堪《こた》える。

ただ数字がいっぱいありすぎて、パッと見ただけではよくわからないのはエリーゼにとって救いだった。合計額を示すなんたら銀貨が何枚、という部分は極力見ないようにしながら、彼女はギルドマスターのほうに顔を向けた。

「これ、見えないようにすることってできないですか」

「ああ？　灰色になってるとこは、開いても誰にも見えねえぞ」

「灰色？　そうじゃなくて、私にも見えないようにしたいんです。……目が潰れる前に」

「願えば、そうなると思うがね」

エリーゼは、目を閉じて願ってみる。目を開くと、所持金の欄は空白になっていた。

ほっと息を吐《つ》いたエリーゼの横で、リールの機嫌はさらに悪くなっていた。

「姉さん？　今はどうしても言えないというのなら、三日くらいは考える時間をあげてもいいですよ」

リールはどうあっても聞き出すつもりのようだ。エリーゼは逡巡《しゅんじゅん》した。

トランプのことを言うのは嫌だった。異世界の――前世のことは話したくない。ただでさえ、家族の中でエリーゼは浮いている。何よりお金があると知られれば、全て父のために使われるだろう。お金を取られるのが嫌というわけではない。父のために使われるのがエリーゼは嫌だった。

それなりに育ててもらった恩は感じているが、常軌《じょうき》を逸した献身ぶりを見せる兄たちと同じように父に尽くすつもりはなかった。

ステータス画面を見ながら考えていると、案外簡単に答えが見つかり、エリーゼは噴き出しかけた。

（これはひどい）

エリーゼは、精霊からいくつかの恩恵《ギフト》を授かっていることがわかった。特殊技能であるはずなのに、なんだかおかしなものばかりだ。中でも、思わず笑ってしまった一つの恩恵《ギフト》――それならば、リールに見せてもいいような気がした。

「……ええと、ですねリールくん」

「何です？　言う気になりました？」

「たぶんすごく、残念な気持ちになると思う」

「それならとっくの昔からそうです。さっさと言ってくださいよ」

「……お姉ちゃんのこと、嫌いにならない？」

「嫌いというほどではないと言ってるでしょう。ボクは時間を無駄にするのは好きじゃない」

エリーゼは他の部分を伏せて、とりあえずその恩恵《ギフト》を見せた。


【美貌に弱い】

美貌を持つ者になら殺される手前まで許す。美しさは正義である。

そんなあなたのための恩恵《ギフト》。

美貌を持つ者に対するあらゆる攻撃の威力が70％減少。

美貌を持つ者から受けるあらゆる攻撃の威力が30％減少。


（これはひどい）

恩恵《ギフト》というのは外すことができないらしい。美貌を持つ人間を敵に回したら、エリーゼは一巻の終わりだった。

「――なるほど。よくわかりました」

低い声で震えながらリールは言った。どう考えても笑い飛ばしてくれるような雰囲気ではない。

姉の妙な性癖を知ってさぞや残念がっているのだろうと、エリーゼは弁解の言葉を探しながら俯《うつむ》くリールの顔を覗《のぞ》き込んだ。だがリールに突き飛ばされ、エリーゼは尻もちをついてしまう。

「痛……っ⁉」

「貴女が家族のことを――ボクたちのことをどう思っているのか、とてもよくわかりました」

「な……リール？　どうして」

「何も知らないいんですね、姉さん」

リールまでエリーゼを嫌うのだろうか。兄たちと同じように。

諦めにも似た感情を覚えてエリーゼは顔を上げたが、リールの表情を見て思わず言った。

「ごめん……リール。私、何かした？」

傷ついたという顔をしている。いつも余裕たっぷりの一歳年下の弟が、今にも泣き出しそうに顔を歪《ゆが》めているのだ。エリーゼは驚くと同時に困惑して、リールの返答を待った。

そんなエリーゼの視線を振り払うように、彼は背を向けた。エリーゼの目の前で、くすんだ黒い外套《がいとう》が翻《ひるがえ》る。そのままギルドを出ていくリールの後を、数人の冒険者たちが追った。

あれがリールの仲間だろうか。ぼんやり眺めていたエリーゼの肩に手が置かれた。いつの間にかカウンターから出てきていたギルドマスターが、エリーゼの腕を掴んで、奥の部屋へ連れていく。

その応接間のような部屋に入ると、エリーゼはソファに座らされた。ぼんやりとしている彼女のカードをひょいと手にとると、ギルドマスターは気遣うように言った。

「見てもいいか？」

「……どうぞ」

エリーゼはほとんど考えずに答えていた。彼女の許可を得てカードを見たギルドマスターは、渋い顔をして言った。

「【美貌に弱い】……か。バカみたいな恩恵《ギフト》だと笑えればよかったんだが」

そしてエリーゼの手にカードを返しながら言葉を続ける。

「リール・アラルド・ハイワーズは、アーハザンタスの冒険者ギルドでは有名人だ。……ハイワーズ家についても知らないやつのほうが少ない。ハイワーズ家ってのは独特だって噂《うわさ》があるからな。だから部外者の俺にも、あいつがショックを受けた理由はだいたい想像がつく」

「どういうことですか？」

「恩恵《ギフト》ってのは、精霊からもたらされるものだと言われてる。それは知ってるか？」

エリーゼは頷《うなず》いた。教会では、精霊神がくれるものだと教えている。だが別の国には、全く別の神がもたらすものだと教えている宗教もあるそうだ。

精霊に好かれる人間には、多くの恩恵《ギフト》がもたらされるという。精霊と恩恵《ギフト》は深い関わりのあるもの。それはこの国では常識だ。

「簡単に言うと、あの魔法使いはこう解釈した。この恩恵《ギフト》をあんたが持ってるのは、あんたにとって美貌の家族と過ごす時間が辛すぎたからだと」

「辛すぎた？」

エリーゼは首を傾げた。辛くなかったと言えば嘘になるが、それほどでもなかった気がする。日々の暮らしのほうがよっぽど辛かった。家族については、生まれて数年であてにする気を失くしていたから、あらゆることを自分一人でやる必要があった。幸い前世の知識があったし、教えてもらわなくとも生まれた時から言葉がわかった。字もすぐに読めたので、本を読んで世間について知ることができた。

衣食住を最低限自分でまかなえるようになったのは、子守のバイトを任せてもらえるようになった七歳くらいのことだが、確かにそれまでの生活は辛かった。

冷たい兄たちに、頼りにならない両親、ほとんど家を空けている姉。血が繋がっていながら雲の上の存在のようで、エリーゼは彼らの顔を見るだけで、あらゆる非を許してしまうことができた。

（ちょっと待って……美しいから、許せた？）

息を呑んだエリーゼに、苦い顔のままギルドマスターは言った。

「基本的に、恩恵《ギフト》ってのは精霊の思《おぼ》し召《め》しだ。この恩恵《ギフト》がないとだめだってやつ、または恩恵《ギフト》を持つ資格があると考えられるやつに精霊は恩恵《ギフト》を与える。あんたの場合は前者だろう。この恩恵《ギフト》がなければ死んじまいたいほど、あんたにとって美貌の家族との暮らしが幸いものだったと……そう考えたんだろう、あいつは。クソ生意気なあのガキが、あんな顔してるとこ初めて見たぞ」

「私にとってリールと過ごした時間は苦痛なもので、リールが綺麗だったから何とか耐えられたって思われた、ってことですか？」

「そういうことだろうな……実際、そうなのか？」

「まさか！　リールと過ごした時間だけは楽しかったですよ」

「他の家族と過ごした時間は違ったみたいな言い方だが、そのことはまあいい、聞かなかったことにしておいてやる。嬢ちゃんはとりあえず、今度あいつに会ったら、誤解だと伝えてやれ。魔法っての は精神状態がモロに影響する。ガキにいつまでもあんなツラさせとくもんじゃねえ」

「今すぐ、リールの後を追います」

「それはやめときな。たぶんあいつが今受けてる依頼をこなすために、王宮北の地下迷宮に行ったんだろう。嬢ちゃんじゃ子供が小遣い稼ぎのために潜るような一階層でも、危なっかしくてしかたない」

「でも」

「伝言くらいなら請け負ってやるが？」

ギルドマスターの表情が巌《いわお》のように固くなる。その顔には、エリーゼが迷宮に入るのを頑として阻止すると書いてあった。エリーゼは自然と口をつぐむ。

その迷宮でのリールの最高到達記録は、十階層だと聞いたことがある。エリーゼには、到底足を踏み入れることはできないだろう。

「私はリールの顔を、美形だなんて思ったことない」

唐突にそう言ったエリーゼに、ギルドマスターは「は？」と気の抜けた声を出した。

「お兄様たちならともかく、私、リールは美形っていうより可愛い系だと思う！」

「……それを俺に伝えろってか」

「できれば、一言一句違《たが》えずお願いします」

「字が書けるなら、手紙を書け」

エリーゼはギルドマスターから紙とペンを受けとった。どうやらギルドの備品リストの書き損じらしかったが、この世界では贅沢品《ぜいたくひん》ともいえる紙を、もらえただけありがたい。

「なんだ、嬢ちゃんは古代文字が書けるのか」

エリーゼが書いている手紙を上から見ながら、ギルドマスターは驚いたように言った。

彼女は、生まれた時からこの世界の言葉を完璧に読み書きすることができた。古代文字といっても、エリーゼにしてみれば普通の文字との違いは平仮名に対する漢字のようなものだった。昔、子守の延長で家庭教師の仕事をしていたが、普通文字はともかく、古代文字を覚えられる子はほとんどいなかった。

だが、リールはすぐに覚えた。魔法の詠唱に使う言葉でもあるため、自分には魔法の才能がなさそうだと思った時からエリーゼはリールにそれを教えることに熱中した。彼にはぜひともエリーゼにとっては憧れの一つでもある魔法使いになってほしかったから。

「この文字で書くと、なんだか普通の字で書くより誠意が伝わる気がするんですよね」

楽しかった思い出を振り返りながら言うと、ギルドマスターは頷《うなず》いた。

「そうだな、上位文字だからな」

「じょうい……？」

「その文字を嬢ちゃんに教えた人間が言ったはずだぜ？　魔法を扱うための文字だから、普通の文字とは違うんだ。嘘を吐くための言葉じゃない。そういや、嬢ちゃんも魔法が使えるのか？」

「これっぽっちも」

「そいつは失礼」

しれっと謝ると、ギルドマスターはふくれるエリーゼから手紙を受けとった。それをじっと見つめたあと、彼は同情するように言った。

「嬢ちゃん、あんまり落ち込むなよ。精霊の恩恵《ギフト》っていうのは気まぐれなもんだ。それを与えられたからって、嬢ちゃんが落ち込むことじゃない。しかし、運が悪いな。嬢ちゃんの恩恵《ギフト》は、ほとんど精霊の呪い《バッドステータス》だよ」

「バッドステータス？」

「精霊に押しつけられた恩恵《ギフト》によって、行動が制限されたり、選択肢を狭められたりする。望まぬ運命だとして、それを呪うやつもいる。あんまりお行儀のいい言葉じゃねえから、外で言うなよ。精霊を信奉《しんぽう》してる教会のやつに聞かれたら、どう思われるかわかるな？」

エリーゼはもう子供ではない。説教だけで済まないことはわかった。幼い頃、教会へ出入りすることの多かった彼女は、彼らの信仰が本物であることを知っている。精霊神はわからないが、精霊は確実にこの世に存在している。だから、彼らが崇《あが》めているのは実体のないものではない。そこから生まれる確固たる信念は、敵に回してはいけないものだ。

地球における魔女狩りや異端審問《いたんしんもん》の歴史を知っているエリーゼにとって、信仰心は恐ろしいものでもある。ギルドマスターの言葉にこくこくと頷《うなず》きながら、彼女はギルドカードを握りしめた。

エリーゼは、落ち着くまでいていいと言われた応接室のソファの上で、一人自分のステータスを眺めた。

ギルドマスターはエリーゼの恩恵《ギフト》を精霊の呪い《バッドステータス》だと言った。それのせいでリールに誤解を植えつけてしまった。けれども実際問題、恩恵《ギフト》がなければ辛すぎたかもしれない……この世界で生きることは。

名前……エリーゼ・アラルド・ハイワーズ
性別……女
年齢……15歳
職業……エディリンス　冒険者
種族……人間
恩恵《ギフト》……【気配察知】C　【逃げ足】D　【警告】B　【美貌に弱い】【胃弱】
加護……？？？？の霊魂
▼　精霊クエスト

エディリンスというのは、後宮での役割を表す名称だ。後宮の出入りが自由にできるぎりぎりの身分。王位継承順位二百位までの男性と交渉を持てる。エイブリーの言っていたよりも人数が多いのが、エリーゼとしては気になるところだ。それ以外の男性との接触は不可能ということらしいが、ギルドマスターやリールに触れられても何も起こらなかった。おそらく、下心のない接触だと精霊が判断すれば何も起きないのだろう。

よかった、とエリーゼはひとりごちた。男性に触れられるたびに精霊が何かするようでは、日常生活すらままならない。

恩恵《ギフト》は前世の影響を受けているに違いないとエリーゼは直感した。特に【気配察知】と【逃げ足】という二つの恩恵《ギフト》は、前世で持っていれば死なずに済んだかもしれない。だからこそ、それらの恩恵《ギフト》が与えられたのではないだろうか。

【警告】は前世でも行ったから与えられたのかもしれない。死の間際、自分以外の誰かが助かるようにと叫ぶことだけはできた。役に立ちそうな恩恵《ギフト》があって嬉しいが、本当に必要な時になかったことが憎い気もする。

鬱々《うつうつ》としつつ、次の二つの恩恵《ギフト》を再確認してエリーゼはがっくりとうなだれた。美貌の家族との生活は楽ではなかったけれども、それだけがこの恩恵《ギフト》を与えられた理由ではないだろう。【美貌に弱い】。リールの誤解は解きたいけれど、弁明できないのが心苦しい。美しい人が好きという、前世の嗜好《しこう》が影響した可能性が高いのだ。

なんでよりによって、と思いながら最後の恩恵《ギフト》を見る。意識すると、その恩恵《ギフト》の詳細が表示された。

【胃弱】

お腹が弱い。ストレスは胃に来る。

そんなあなたのための恩恵《ギフト》。

胃に対するダメージが深いほど、【気配察知】、【逃げ足】、【警告】の威力が底上げされる。


「なんかもっとポジティブな恩恵《ギフト》でいいじゃない……外せない恩恵《ギフト》で【胃弱】とか……胃痛や吐血の恐怖からは、永遠に逃れられないってこと？」

いざという時に行動不能に陥《おちい》りそうな【臆病者《チキン》】という恩恵《ギフト》よりはよかったかもしれない。そういう恩恵《ギフト》が見つかると悲惨らしい。それを打ち消すための恩恵《ギフト》を精霊にもらえるように、厳しい訓練が必要だという。

これらの説明は本で読んでいたものの、精霊の呪い《バッドステータス》などというものについては書かれていなかった。何かニュアンスが違うのだろうか、と思いながら、とりあえずカードの気になる部分に視線を落とす。精霊クエストとやらももちろん気になるが、何より加護というものが不可解だった。

「ハテナがついてるけど……」

これも、おそらく前世のことが関係している。エリーゼはそう直感した。

「お金より、こっちを見られるほうがまずい気がする」

エリーゼは加護の欄を消した。何かの霊魂。この「霊魂」という概念が精霊神教会《せいれいしんきょうかい》や他の宗教にとって、許容され得るものなのかどうかさえ、エリーゼにはわからない。

「精霊クエスト……って何？」

【精霊クエスト】

・トランプを奉納《ほうのう》しよう！

特許登録者であるあなたへのお願い。

最新版のトランプで遊びたい。新しい遊び方を添付《てんぷ》してくれればなおよし。

そんな精霊からのクエスト。

エリーゼは頭痛を覚えて、静かにステータス画面を閉じた。

「さっきの反応、一体なんだったんだ？」

ギルドからの帰り道。エリーゼに陽気な声でそう言ったのは、冒険者ギルドのどんよりした空気には馴染《なじ》まない青年だった。家族の顔を見慣れているエリーゼの目にはどうということはないが、ごく普通の美意識を持つ人が彼を見れば、十人中十人が爽《さわ》やかなイケメンと答えるだろう。金髪に緑の目をしていて、物語に出てくる王子様のようだ。だが、額から眉間《みけん》にかけて切り傷があり、青銅の鎧《よろい》を着ているので、冒険者なのだろう。

知り合いでもない彼がこうしてエリーゼについてきているのは、例によってお節介なギルドマスターの意向だった。エリーゼは、ギルド中の冒険者たちの好奇心を刺激してしまった。彼女が悪い人間に尾行されることを心配して、ギルドマスターが家まで送るよう青年に依頼したのだった。

名前はタイターリス・ヘデン。ギルドカードを見たので間違いない。十九歳という若さで、すでに一人前とされるDランクに達している。ただのへらへらとした優男《やさおとこ》にしか見えないが、それはエリーゼの偏見《へんけん》なのだろう。ギルドマスターのお墨付きだから、変な人間ではないはずだった。

ただ名前が痛い。その名前をエリーゼの頭の中にある言語知識で訳すと、意味は『反逆の狼煙《のろし》』である。彼が生まれた時、親は中二病だったに違いない。この世界ではリアル中二年齢で子供を産んでいる人も多いし、名前のことを言うのはマナー違反だとも思うので、エリーゼはそのことには口をつぐんだ。

だが、言わなければならないことははっきりと言う。

「もう結構です。ありがとう。ついてきてくださらなくて大丈夫。一人で家に帰れます。あなたの厚意に感謝しています」

「すっごい棒読みだなー。全然感謝されてる気がしないなー」

『反逆の狼煙』はけらけらと笑うばかりだった。エリーゼは頬《ほお》をひきつらせる。

彼女は今、後宮を抜け出している状態だ。規律に違反しているわけではないが、褒《ほ》められるようなことでもない。できるだけ早く後宮に戻り、もしもバレていなかったらこれまで部屋にこもっていたふりをしたかった。

すでにエリーゼは冒険者ギルドで噂《うわさ》になっているだろう。若い女ということで多少は注目を浴びることも覚悟していたものの、これ以上噂話の種になるつもりはなかったため、仕方なく後宮ではなく屋敷のほうへ足を向けていた。

「なあ、何があの魔法使いに泣きべそをかかせたんだ？　あんた、どんな恩恵《ギフト》を手に入れたんだよ。弟への殺意？　家族への憎悪とか？」

エリーゼは顔を歪《ゆが》めそうになるのを堪《こら》えた。『反逆の狼煙』は完全に面白がっている。

彼は悪い人ではないようだが、思慮が足りない。できたばかりの傷口に塩を擦り込まれて、笑っていられる余裕がエリーゼにはなかった。

（生まれながらの黒歴史、『反逆の狼煙』さんの名前を道の真ん中で嘲笑《あざわら》ってやろうか。……でも、それじゃ相手と同じレベルに落ちちゃうからやめよう）

爽《さわ》やかイケメンでも、にやにやしながら人の嫌がることを言うような人はごめんだ。美貌なら話は別だが。どうやら彼にエリーゼの恩恵《ギフト》【美貌に弱い】は発動しないようで、彼の言葉の全てに苛々した。

エリーゼは道中、完全に無表情を保っていた。

「もう結構です。ここまで来れば見知った土地。大丈夫ですからお帰りください」

エリーゼの屋敷は、もう目と鼻の先である。

しかし彼女の言葉に、『反逆の狼煙』は的外れな答えを返した。

「エリーゼちゃん貴族だろ？　それなのに道とかわかんの？　あんまり出歩いたりしないいんだろう、貴族の女の子って」

「ご心配は無用です」

そう事務的に返すも、『反逆の狼煙《のろし》』はにこにこと笑いながらついてきた。ただ笑っているだけならいいのだが、彼は相変わらず失礼な質問を絶やさない。

ハイワーズ家は特殊な家としてそこそこ知られているらしく、本当に父親は絶世の美形なのか、子供たちはどうしてそこまで父親に尽くすのか、社交界はおろか外に出ることもない母親は一体どんな人なのか、綺麗なのか胸はあるのかお尻の形はどうのこうの……およそ初対面の人間に聞くべきではないようなことを、臆面《おくめん》もなく訊《たず》ねてくる。

エリーゼが答えないでいると、不愉快かつ間違いだらけの妄想を語り始めた。父親が外に顔を見せないということは、実際はひどく醜悪《しゅうあく》な容貌をしており、それを隠すために、子供たちは過剰な信奉《しんぽう》ぶりを喧伝《けんでん》しているのだと。

それを聞いた時、エリーゼは周囲を見回してしまった。兄たちが聞いていたら、『反逆の狼煙』は殺されかねない。幸い兄たちの影はなく、エリーゼもどうにか沈黙を保ったものの、さすがにスリーサイズをしつこく聞かれた時にはぶん殴ってやろうかと考えた。

その時、少し離れた住宅の陰や屋根の上などに、忍者のように身を潜ませた人間がいるのがわかった。おそらくは、【気配察知】という恩恵《ギフト》のおかげだろう、彼らはエリーゼが屋敷の前で立ち止まると同時に足を止めたようで、それ以上近づいてくる様子はなかった。正体不明の尾行者に不安を覚えながら、『反逆の狼煙』に一応の礼を言うために向き直った。

彼のおかげで尾行者たちが一定距離以内に近寄らなかったのは事実だろう。薄暗くなっていく空と、尾行者が潜んでいる陰を見やってから、エリーゼは『反逆の狼煙』に向かって口を開こうとした。けれど、彼の言葉によって遮《さえぎ》られる。

「もしかして、尾行に気づいてた？」

「……あなたの差し金ですか」

「まさか！　そうじゃなくて、あいつらのことも含め、冒険者の先輩として、エリーゼちゃんにいくつか忠告をしようと思ってさ」

そう言って静かに笑った顔には、影が落ちている。夕陽を背負う彼の表情はこれまでとどこか違っていて、エリーゼは目を瞬《しばたた》かせた。

「貴族のご令嬢の暇潰しかと思ってたけど、侮《あなど》ってたみたいだな。エリーゼちゃんは、俺の挑発にもよく耐えた。あれだけ言われて泣き出しもせず、怒りもしなかった。冒険の初心者としては上出来だ」

「わざとやってたんですか？」

「うん、ごめん」

真面目な顔で謝られて、エリーゼは面食らう。彼への好感度は最低値まで落ち込んでいたが、誤解だったのかと戸惑った。

「まず第一に、自分以外の冒険者は商売敵だ。私闘はギルド規約で禁じられてるけど、喧嘩《けんか》はしょっちゅうだ。でも相手の実力もわからないのに喧嘩を売るなんて、バカのすることだろう？だから冒険者は、そういう相手を挑発する。なんとか怒らせようとするんだよ。どうしてかわかるか？」

「相手の人となりを、知るため？」

「正解」

にっこりと笑う顔には、よくできましたと書いてある。エリーゼは呆れてしまった。

これはギルドマスターの、本日最後のお節介に違いなかった。誰にでもこうなのか、エリーゼが女の子だからなのか。余計なお世話だし、嫌な思いをさせられて迷惑だとも思った。が、心配してくれるのをありがたくも思えてきて、エリーゼはどんな顔をしていいのかわからなかった。

ギルドマスターに使われた青年タイターリスは、人好きのする笑顔を崩さないまま続けた。

「玄人《くろうと》の冒険者はこれに慣れてるから、挑発されても簡単にあしらう。あしらえないで怒るのは、冒険者としても人間としても、まだまだ未熟な証拠だ。エリーゼちゃんは身体の肉付きの話あたりで、ちょっとこめかみがぴくぴくしてたかも」

「今のも挑発の範囲内ですか？」

「そうそう、挑発されたらそうやって言い返したほうがいい。相手を怒らせろってわけじゃなくて、言い返すだけの余裕があるんだってことをアピールするためにな」

タイターリスがそう言って笑うと、右頬《ほお》にえくぼが浮かんだ。彼は得な人生を送るだろうとエリーゼは嘆息《たんそく》した。愛嬌《あいきょう》のあるその笑顔を憎むのは難しそうだった。

「できたら仏頂面でだんまりを決め込むんじゃなくて、笑顔ですっとぼけるほうがエリーゼちゃんにはいいと思う。可愛い女の子だから、ちょっかいを出したいって連中がたくさんいるはずだ」

思わずエリーゼは尾行者たちの気配のするほうを窺《うかが》った。関わり合いになりたくない人種には違いないと思っていたものの、まさか玩具《おもちゃ》のように思われているとは考えなかった。

タイターリスのような爽《さわ》やかな男の子に可愛いと言ってもらえるのは嬉しいのに、お世辞でも……と思いながら肩を落としていると、タイターリスは声音を低くした。

「……ちなみにエリーゼちゃんを監視している連中は、また別のやつらだ」

「か、監視？」

「精霊神教会《せいれいしんきょうかい》のやつか、その敬虔《けいけん》な信徒、ってやつだよ」

「なんで私が監視されなくちゃいけないの？」

監視されるような覚えは全くなかった。異世界から転生してきたことがバレて、危険人物だと思われたのだろうか。転生が彼らの教義に反することなのかは知らないが。思わず、四歳年上のタイターリスへの敬語も忘れた。だが、彼はそれを気にする様子もなく言った。

「カードができた時、エリーゼちゃんは随分と派手な反応をしたからな。あれで目をつけられたんだ。――もしかしたら、人間ではないんじゃないかってな」

「いや、普通に人間ですけど」

「目をつけられてるのはエリーゼちゃんだけじゃないし、本当に人間ならそもそも関係のない話だから気にすんなって言ってやりたいけど……あの監視に勘づくくらいだから、気になるよなあ」

タイターリスは困ったように頬を掻《か》きながら説明した。

「アールジス王国……特にアーハザンタスには、人間以外の種族はほとんどいない。全くいないと言ってもいいくらいだな。王都を出るとちらほら見かけるが、奴隷《どれい》や貧民がほとんどだ。人間優越主義が精霊神教会《せいれいしんきょうかい》のモットーだってのは、知ってるか？」

エリーゼは頷《うなず》いた。つまり人種差別。それを知った時、悲しくなったり怒りを覚えるよりもまず、すごくファンタジー、と思ってしまい罪悪感を抱いた覚えがある。何より、そのせいでこの国には異種族がほとんどいないことが残念だった。せっかくこの世界に生まれて来たのに、エルフや獣人《じゅうじん》には未だに会えていない。

「今から千年くらい前に、勇者が魔王を倒した。その頃はまだ、異種族とも仲良くしてたって言われてる。精霊神教会は否定しているけどな。魔王とその眷族《けんぞく》を退《しりぞ》けるために、多くの種族が協力した。勇者は人間だったらしいけど、パーティには様々な種族がいたって言われてる」

「本で読んだことあります。確か勇者は人間の女の子で、二人の魔法使いのうち一人はエルフ、もう一人は魔王を裏切った魔族で、その二人はすごく仲が悪かったって」

「いやいやいや。んなわけないだろ。そんな本があったら、教会が目ざとく見つけて処分してるはずだ。それ絶対に禁書」

「え、うそ」

「嘘じゃない。本なんてただでさえ高いのに、禁書なんてべらぼうな値段だったはずだぜ？　エリーゼちゃんち、そこまで裕福じゃないはずだろ」

読んだ記憶は確かにある。でも、もしかしたら市販の本ではなく、父の書斎にあった本かもしれない。そうだとしたら、父が教会の教義に反するような禁書を持っていることになる。これ以上話すのはまずい気がしたため「妄想だったかもしれない」と言ってごまかすことにした。

タイターリスは目を瞠《みは》った。

「エリーゼちゃんってもしかして、異種族に嫌悪感ない人だったりする？」

「まあ、異種族混成パーティを夢見るくらいには」

「そっかー。俺はいいと思うけど、教会に知られると危なそうだなー」

「黙っていてください。お願いします」

「言わないから安心しろよ」

そう言ってにっこり笑うと、タイターリスは急に真剣な表情に変わった。

「つまり、昔はこの国にも普通に異種族が住んでたってこと。そして五百年前の種族間戦争の激化と精霊神教会の台頭で、人間以外の種族はこの国から淘汰《とうた》されていった……けど、血の中に異種族の名残《なごり》があって、たまに人間から異種族が生まれたりする。そういうのを、教会は目くじら立てて探しては、悪魔だって言って追いたてるんだよ。エリーゼちゃんの反応がおかしかったから、ギルドカードを見て自分の種族が人間じゃなかったことに驚いたんじゃないかって疑われたんだ。──なあ、本当に人間なんだよな？」

タイターリスは心配そうな顔で言った。

「もしも人間じゃないなら、今から亡命の準備をしといたほうがいい。なんなら、俺が手引きしてやってもいいけど」

「いいえ、本当に人間なので」

とりあえずギルドカードを取り出して確認してみたものの、他に異常な点はあれ、種族欄は間違いなく人間だった。これくらい見せてもいいか、と思いながらタイターリスに種族欄を見せると、あからさまにほっとしたような顔をした。

「そっか。ならいいんだ。まあ俺が助けたくなるぐらいだから、人間だろうとは思ってたけど」

「はあ？」

その妙な言い回しにエリーゼが首を傾げると、「見ていいぜ」と言いながら、タイターリスは彼女の前に自分のカードをかざした。

人によって立体映像の表示形式は違うらしい。エリーゼのゲームっぽいステータス画面とは違い、名前、性別、種族などが整然とツリー形式に並んでいるのが、少し見づらい。

閲覧《えつらん》可能にされている恩恵《ギフト》の名前は、【人助け】。

「【人助け】ってやつは文字通り、人間を助けるための恩恵《ギフト》でさ。困ってる人を助ける時、力が補助される。か弱そうな人を助ける時ほど力の補助が大きいから、女の子の前でええかっこしい、とか言われるけど、決してそういうのじゃないんだぜ？」

「人間以外には効果がないんですか？」

「ま、そゆこと。つまり今、俺が一番助けたいのはエリーゼちゃんなんだよ。女の子で冒険者なんてカッコイイけど前途多難だし、なんなら、これから先ずっと俺がついててやろうか？　可愛い子を助けられるなんて男冥利《おとこみょうり》に尽きるし、遠慮しなくていいんだぜ？」

「そろそろ家族が心配するので、家に入ってもいいですか？」

エリーゼが口から出まかせを言うと、タイターリスはすんなり頷《うなず》いた。

「ま、兄弟があれだけ美形だと、俺なんか歯牙《しが》にもかけないか。落ちこむなー」

軽口を叩きながらも、タイターリスは塞《ふさ》いでいたエリーゼの進路を開けた。

門をくぐる前、エリーゼはタイターリスに向き直り、深くお辞儀した。

「本当にありがとう。初めはなんて鬱陶《うっとう》しい人だろうと思って失礼な対応をしてしまい、申し訳なかったです。色々気にしてくれてすごく嬉しいし、感謝してます」

「ん。俺も家族のこと悪く言って、ごめんな」

軽く笑ってそう言うと、タイターリスはあっさり背を向けた。

その背を見送りながら、エリーゼは頬《ほお》を緩《ゆる》ませた。


タイターリスと別れた頃には、もう夜だった。後宮に帰ることは諦めて家の敷地に入った時、エリーゼは違和感を覚えた。そしてすぐにその正体に気がついた――馬車が門の前に停まっている。

彼女は足早に屋敷へ向かった。途中、使用人の誰にも会わないように気配を探りつつ、扉近くが無人になるのを見計らって中に入った。

玄関ホールに入ると、談話室のほうから荒々しい声が響いてきて、エリーゼは驚いた。二階の中央にある部屋だ。馬車の主もそこにいるのだろうとエリーゼは考えた。長男エイブリーの怒鳴り声は、おそらくその人物に向けられたもの。

「またお姉さまと喧嘩《けんか》してんのかなあ……」

エリーゼは呆れつつ呟《つぶや》いた。馬車は、久しぶりに帰宅している姉のものだろう。エイブリーは長女カロリーナの仕事や態度や性格その他諸々、気に食わないことが多いらしく、何かと衝突している。カロリーナに非があることも多いようだが、エリーゼは基本的に彼女の味方だった。

可愛がるというほどではないが、エリーゼの面倒を見てくれたのは、ほとんどカロリーナだ。あまり家にいないため、「近所の綺麗で頼りになるお姉さん」くらいの存在だが、エリーゼは慕《した》っていた。

「早く終わらないかな」

音を立てないように部屋に入ると、使用人が扉のすぐ近くに控えていてエリーゼはどきりとした。だが彼女は談話室の中央に称賛と敬愛の眼差しを向けていて、エリーゼに気づく様子はない。

（……どうかしてる）

いくら兄や姉が美しいとはいえ、口論しているところを見て陶然《とうぜん》としているなんておかしい。彼らも妙な恩恵《ギフト》でも持っているのだろうかと思いながら、エリーゼは部屋の中を覗《のぞ》いた。

エイブリーと口論をしているのはカロリーナではなかった。

「どうして責めるばっかりなんだ！　僕は家のために――」

「そうやって、お前が家のためと思いこんでいるのが問題なのだ」

「まるで僕のしたことが間違いみたいに言う。どうして兄上は褒《ほ》めてくれないんだ!?」

「褒める？　十九歳にもなって何を甘ったれたことを」

そこにいたのはステファンだった。エリーゼはぽかんと口を開いて固まった。この二人が喧嘩するのは珍しい。エイブリーはステファンの面倒をよく見ているし、ステファンはエイブリーの言うことをよく聞く。それがいつもの光景だったのに。

「教会とは手を切れとあれだけ言ったのに、まだ繋がりを持っていたのか、お前は」

「そんなの、責められるようなことじゃないはずだ。教会の理念は素晴らしいものなんだから」

「何が素晴らしいものか。人間以外の種族を否定することで、アールアンドの最大種族である人間を懐柔《かいじゅう》しようとしているカルト集団だ」

「カルトなんかじゃない。聖女様は崇高《すうこう》な理念をお持ちだ。兄上まであいつと同じく、異教徒のようなことを言うのか」

あいつ、というのはエリーゼのことだろう。理由はすぐにピンときた。前にエリーゼが父を全肯定しているわけではないと言ったことを、ステファンは指摘しているのだ。

だが、そのことよりも、エリーゼはエイブリーの言葉に驚いた。彼が、教会を否定的に見ているとは思わなかった。

「姉上も兄上も、結局はあいつばかり構うんだ」

「俺がいつあれに構った！」

「今も昔もだよ！　嫌っていても、あいつの言葉には答えるし、役目を与える！」

「それは、あれが自分では果たすべき役目すら見出せないからであって――」

「理由なんかどうだっていい。聖女様は兄上とは違って、僕の言葉を聞いてくれる……父上を愛するこの心に現れる迷いや戸惑いを、優しい言葉で払拭《ふっしょく》してくださるんだ！」

「手なずけられたか」

エイブリーは低い声で言った。ステファンは白い頬《ほお》を真っ赤にして涙ぐんでいる。

どういう状況なのかはわからないものの、ステファンが宗教にハマり、それにエイブリーが怒っているというのはエリーゼにも理解できた。

「お前は、先々のことを考える頭も持たないのか？　ステファン、もしも父上が精霊神教会《せいれいしんきょうかい》に――お前の言う聖女様とやらに敵対したらどうするのだ？」

エリーゼは納得した。エイブリーが宗教を信仰していないのは、もっと信仰しているものが身近にあるからだ。

ステファンは息を呑み、瞬《まばた》きすら忘れたかのように、藍色の目を見開いている。

「そ、んな。バカなこと、あるわけないじゃないか。……兄上は、父上を侮辱《ぶじょく》するつもりなのか!?」

「侮辱ではない！　的外れな考えも大概にしろッ！　――父上が万が一にもその気になられた場合、誰に対してでも剣を抜く覚悟を決めろと言っているのだ。視野の狭さは、お前の致命的な弱点だ。お前にも理解できるような愚直で小さな理《ことわり》の中で、父上は生きておられるわけではない」

「……やっぱり、僕には父上を理解することはできないって、兄上は思ってるんだ」

目を剥《む》くエイブリーに、ステファンは背を向けた。

急にステファンと向かい合う形になり、エリーゼは驚く。

彼は泣いていた。神経質で感情的なので、激した時に目が潤《うる》むことは今までもよくあった。だが、ぼろぼろと涙を流している姿を見るのは初めてで、エリーゼは呆気にとられた。

そんな彼女を見て、ステファンが目を瞠《みは》る。次いで憎しみをありありと込めた目でエリーゼを見ると、地を這《は》うような声で言った。

「お前なんか、いなければよかったのに」

ステファンは、エリーゼを突き飛ばすようにして扉の前からどかせると、唇を噛みしめ、荒い足どりで部屋を出ていった。そんな彼を見て、エリーゼは顔をしかめた。

一方的に酷《ひど》い言葉を叩きつけられ、エリーゼはステファンを嫌っても憎んでもいいはずだ。なのに、傷ついている彼を見て可哀想だと思ってしまった。

「……恩恵《ギフト》ってどうかしてる」

ないよりあったほうがいい。エリーゼは【美貌に弱い】という恩恵《ギフト》について、そう考えていた。それがあることで、ステファンたちに嫌われる辛さを感じずに済むのならと。

本当なら感じるはずの辛い思いが捻《ね》じ曲げられていることを、自覚せずにいられるのならば。

やがて、エイブリーがエリーゼには一瞥《いちべつ》もくれず横を通りすぎていった。後宮を早くも抜け出したことを咎《とが》められると思っていたエリーゼは、少し意外だった。

呆けているエリーゼにかけられたのは、どこか艶《つや》めいた優しい声音。

「エリーゼ、私の妹」

「あ、お姉さま！」

「今気づいたというわけ？　ひどい子ね」

悪戯《いたずら》っぽく笑いながら言うのは、赤色の髪と目、薔薇色《ばらいろ》のドレスを着たカロリーナだった。入口に立っていたエリーゼからは見えなかったものの、彼女も室内にいたのだ。

久しぶりに姉に会い、エリーゼは自然と微笑んでいた。

「ステファンの細工物が王家の方々に認められるようになったのは、つい最近の話なのよ」

エリーゼが向かいの椅子に腰を下ろすと、兄たちの喧嘩《けんか》の原因について、カロリーナは話し始めた。

屋敷へ帰ってくると、姉は大抵この談話室にいる。そこは、前々から姉が装飾を整えていた。出先から帰ってくるたび新しいものを置いていく。母の髪色に似た赤色の多い部屋は、夏には少し暑苦しい。

エリーゼはいつまで家にいられるのか聞きたかったが、まずは黙って姉の話を聞くことにした。

「王家の方々に紹介してくださったのは、とある貴族の方。でも最初にステファンを見込んでその方に紹介してくださったのは、精霊神教会《せいれいしんきょうかい》の前代の聖女様だったのよ」

お父様には残念ながら人脈がおありにならないから、とカロリーナは少し悔しそうに言った。彼女が奉公先を見つける際にも、そのせいで苦労したという話をエリーゼは知っていたので、大きく頷《うなず》いた。

小さな街とは違い、王都には教会がいくつも建てられている。それらを取りまとめる大教会は国と密接な繋がりを持ち、師父《しふ》の他に「聖女」と呼ばれる女性が本部から派遣されているという。彼女たちは精霊神の御使《みつか》いで、崇《あが》められるため、そして教えを広げるためだけに存在している。中には、精霊神アスピルとやらの加護を持っている人もいるらしい。エリーゼが胡散臭《うさんくさ》いと感じてしまうのは、あまり信心深くなく、宗教を懐疑的《かいぎてき》に見ていた前世の価値観が残っているからだろう。

「えっと、今の聖女様は、ステファンお兄様の才能を見出してくださった方とは違う方なんですよね？　それでも関係は続いているんですか？」

「エイブリーは教会を足がかりにして王宮でお父様の権威《けんい》を高めるために、ステファンの力を使うことを望んでいたの。けれど、ステファンにとっては、教会はただの足がかりではなかったみたい。もうとっくにやめてもいい頃合いだというのに、まだ教会に貢《みつ》ぎ物をしているのよ。恩を感じているみたいだし、心の支えにもしているようだわ。エイブリーは何をしていたのかしら」

穏やかな言葉の中に、非難するような響きを感じとってエリーゼは首を傾げた。

「あの、精霊神教会は国教ですよね。だから信仰するのも、寄付をするのも、悪いことではないんじゃないですか？」

「何かを信じるということは、それ以外を否定するということよ、エリーゼ」

柔らかく、たしなめるようにカロリーナは言った。

「ハイワーズ家がお父様の意向によって取るべき針路を決めていることは、エリーゼにもわかるわね？」

「はい……お姉さま」

「外から見ると少しおかしく見えるかもしれないけれど、ハイワーズ家はそれで均衡《きんこう》が保たれているのよ。エイブリーはそれに準じているし、私もそうは見えないかもしれないけれど、お父様のために頑張っているのよ」

エリーゼは頷《うなず》いた。どうして父の意向によって決まるのかは疑問だったが、カロリーナもこの家をおかしいと感じていることがわかって、ほっと息を吐いた。

「エリーゼにはわからなくても、全てのものには様々な理由があって、あるべき形になっているの。ステファンがしているのは、それをダメにするようなこと。いけないことだわ」

紅い唇を三日月のようにして微笑みながら、カロリーナは言った。

「ステファンは心の弱い子だわ。けれどあなたは違うわね、エリーゼ」

少なくとも、あれほどまでに感情的ではないし、神経質でもない。それどころか恩恵《ギフト》のおかげで、気にするべきことまで気にしない性格になっている。

エリーゼがうんと言って頷くと、カロリーナは彼女を抱きしめた。

「エイブリーもああして厳しいことを言うけれど、心の中ではあなたに期待しているのよ」

「まさか」

「信じてあげて、エリーゼ。エイブリーはとても不器用な子だわ。私が家にいなくて、構ってあげられなかったのが悪いのね」

「お姉さまが悪いんじゃないよっ」

「あなたは、とても優しい子だわ」

ふわりと笑うカロリーナを見上げて、エリーゼも笑い返した。

大きく温かい胸に抱きしめられ、甘い花の香りが鼻をくすぐる。

相変わらず姉は暗闇に浮かぶ灯《ともしび》のように静かで、美しかった。

翌日、エリーゼは後宮に戻った。入って早々抜け出したことを、特に咎《とが》められはしなかった。

出入り自由の後宮は、前向きに考えれば快適な住まいと言えた。ただ予定を自分で決められないのが玉に瑕《きず》である。エリーゼは女官長から渡された予定表を眺めた。一分の隙《すき》もなく、王位継承順位二百位までの貴族との会食や歓談の予定で埋められている。

(仕方ない。今日は後宮の様子を、少し観察してみよう……)

後宮は王宮の入り口近くにあり、かなり広い。いくつも部屋があり、奥に行くほど高貴な女性が住んでいる。身分の低いエリーゼの部屋は端近《はしぢか》に用意されたわけだが、出入り口が近いので文句はない。

「えっと、明日は出かけるつもりだから」

そう言ったエリーゼを、侍女が未知のものを見るような目で見てくる。本来こういう立場は名誉に思うものだろうし、エリーゼのように自分から抜け出す女性などいないのだろう。

温《ぬる》い湯をはった桶《おけ》を持って部屋を出ていく侍女の背を見送ると、エリーゼは溜息《ためいき》を吐《つ》いた。

「迷宮に、行かなくちゃ」

じわりと痛む胃を押さえながら呟《つぶや》く。とにかく、一度迷宮に入らなくてはならない。

迷宮では、何が起きてもおかしくないと言われている。そこに行けば、いきなりお金が増えてもおかしくないし、もしかしたらハテナつきの加護を持っていることも奇異ではなくなるかもしれない。

「【胃弱】をどうにかできる恩恵《ギフト》も、手に入るかもしれないし」

そう言って気合いを入れ、エリーゼは来客に備える。礼儀もしきたりもわからないが、先方はエリーゼの家族、あるいは母を守る精霊に興味があるだけで、彼女自身には何の期待もしていないはずだ。よほど失礼なことをしなければ大丈夫だろうと緊張をほぐしていたら、トントン、と扉が叩かれた。

「え。先触れとかないの？」

何と言って迎えればいいのか。おろおろと室内を行ったり来たりしていると、返事をするより前に扉は開かれた。そこにいたのは予想外の人物だった。

「あれ、お姉さま？　何でここに」

「姉が妹を訪ねるのは、おかしなことではないでしょう？」

黒いレースの縁取りがついた赤いドレス。けばけばしく見えそうな色合いなのに、カロリーナは見事に着こなしていた。細くくびれた腰に手をあてて、煽情的《せんじょうてき》に微笑む。

「素敵な殿方がたくさんいらっしゃる場所に、興味もあるしね」

「……お姉さま。こんなところでカモ探しですか」

「後宮ってそういうところじゃない。男が女を惑わして、女が男を騙《だま》す場所よ」

どこか無邪気にも見える表情でカロリーナは言うと、はしゃいだ様子で部屋に入ってきた。飾られている花や食器を興味深そうに眺めている姉を見て、エリーゼは嘆息《たんそく》する。

「お姉さまでも、後宮に憧れたりするんですね」

「そうねえ」

「私じゃなくて、お姉さまが入ればよかったのに」

実際問題、父の役に立つかどうかという話なら、カロリーナはエリーゼの百倍は上手くやれるだろう。そう思いながらエリーゼが言うと、カロリーナは紅色の瞳を細めて笑った。

「そうね。私が処女だったら、そういう選択肢もあったのかしら」

「あ……ごめんなさい」

「何を謝っているの？　理不尽に奪われたわけではなくて、進んで捧《ささ》げたのだから、あなたが気にすることなんてないのよ」

際どいことをあっけらかんと言われ、エリーゼは返す言葉を失くしてしまう。だが、過去の忌《い》まわしい傷を抉《えぐ》ってしまったわけではないらしいのでよかった。

カロリーナはエリーゼが座るソファへ、興味津々という様子で近づいてきた。

「ところで、冒険者になったのでしょう？」

「え？　どうしてわかったんですか？」

「あなたが昨日ギルドに行ったことぐらい、私は知っているのよ。エイブリーもね」

ぽかんと口を開いたエリーゼに、くすくすと笑ってカロリーナは言った。

「手紙を残していったでしょう？　エイブリーはそれを見て少し怒っていたようだけれど、気にすることはないわ。あなたがハイワーズ家のために第一王子ハーカラント・リヴィエ・アールジスを狙っていると、前向きに解釈したらしいから」

「……誤解はあるようですが、とりあえず冒険者でいることは認められたってことですか？」

「そういうこと」

悪戯《いたずら》っぽい顔で、カロリーナはぱちりとウィンクした。長い睫毛《まつげ》がぱさりと揺れると、妖艶《ようえん》な姉が少女めいて見えた。

「あなたは、やりたいことをやればいいのよ」

「うん……ありがとう、お姉さま」

「それがハイワーズ家のためにもなると思うの」

エリーゼの頬《ほお》を軽くつねって笑わせると、カロリーナは「ギルドカードを見せて」と言った。エリーゼは懐《ふところ》深くにしまいこんでいたそれを取り出して、姉に渡す。お金、加護と精霊クエストは隠してあるが、その他はオープンだ。

「あらやだ。なあに、この恩恵《ギフト》」

「あはは……」

「美貌に弱くて、胃も弱いのね。エリーゼったら可哀想。精霊ったら失礼しちゃうわね。きっと根性のねじ曲がった精霊が、あなたの可愛らしさを妬《ねた》んでこんなものをくっつけたに違いないわ」

そう言って精霊をこき下ろすカロリーナも、精霊神教会《せいれいしんきょうかい》には傾倒していないようだ。

エリーゼが誰かに聞かれやしないかとびくびくしていると、扉の外で物音がした。カロリーナは言葉を切り、侍女の先触れに続いて入ってきた紳士を前にして、にっこりと笑った。

「おや……えっと」

「お邪魔をしていますわ。私、エリーゼの姉のカロリーナと申しますの」

「美しい方だ……エリーゼ嬢の姉君、ですか」

「いやだわ、美しいだなんて。あなたのような方にそんなことを言われては、私、勘違いしてしまいますわよ……罪なお方」

お姉さま、展開が速すぎます……。エリーゼはそう思ったが、男のほうはそうは思わなかったようだった。カロリーナに上目遣いされて、もはやエリーゼのことは眼中にない。

カロリーナは唖然《あぜん》とするエリーゼに近づき、小声で話しかけた。

「エリーゼ、冒険者ギルドに行きたいのではなくて？」

「ああ、まあ、うん」

邪魔だと言いたいらしかった。男のほうも、エリーゼを睨《にら》みつけている。

男からの貢《みつ》ぎ物が、現在のカロリーナの――ひいてはハイワーズ家の主な収入源だ。だから邪魔をするつもりなどない。

今日は後宮というものを観察する予定だったので少しもやもやしてはいたが、次のカロリーナの言葉でそれも吹っ飛んだ。

「ずっと冒険者になりたかったんでしょう？　ちゃんと夢をまっとうしなさいね」

「お姉さま……」

エリーゼは少しの間言葉を失った。どうやら姉はエリーゼに、後宮を抜け出す口実を与えてくれたらしい。

カロリーナのように美しい姉がいると知れば、男たちの興味はエリーゼから外れるだろう。訪問者たちが、エリーゼがいなくてもカロリーナさえいればいいと思ってくれるのなら、エリーゼは後宮に縛られることなく好きにできる。エリーゼは、にっこりと笑って言った。

「ありがとう、お姉さま。行ってくるね」

姉は唇だけで微笑んで、男にしなだれかかる。エリーゼは部屋をそそくさと後にした。


エリーゼは、後宮を出て歩きながら考えていた。

(王都と……迷宮都市ヴェンナ、どっちの迷宮にしよう)

迷宮は、深くなりすぎると魔界へ通じると言われている。魔界については、この世界でも伝説や伝承の中でしか語られていない。精霊神教会《せいれいしんきょうかい》によれば、魔界は死後、精霊になれなかった悪い魂が行く場所なのだという。

教会の師父《しふ》がどんなに恐ろしげに語っても、ファンタジーな世界観に胸をときめかせて聞いた日々を思い返しながら、エリーゼは迷っていた。

ここ、王都アーハザンタスの迷宮なら、一階層に入ってみるくらいであれば日帰りが可能だ。

迷宮を擁《よう》する都市を迷宮都市という。ヴェンナはアーハザンタスのすぐ南西に位置するので、馬車を使えば明後日にはアーハザンタスへ戻れるだろう。

(せっかくお姉さまが足止めしてくれてるんだから、迷宮都市ヴェンナにしよう)

一番重要なことを考えたら、そのほうが都合がよさそうだった。今もエリーゼの持つ恩恵《ギフト》、【気配察知】で知覚できるだけでも、彼女を見張る人間が数人いる。

問題は、アーハザンタスの冒険者ギルドだ。お節介なギルドマスターは、エリーゼが一人で迷宮に入ろうとすれば阻止するだろう。

親切心から、またはギルドマスターに対する心証をよくしておきたいなどの利己的な理由から、余計なお節介をしてくる人がいないとも限らない。

（王都のはいつでも行ける。だけど、これからも後宮を頻繁に抜け出せるとは限らないし……迷宮都市を見てみたい！）

エリーゼは意気込んで、一人頷《うなず》いた。そうと決めると、彼女はまず商業地区へ赴《おもむ》いた。奥までは潜らないとしても装備は整えておくべきだし、乗合馬車での短い旅にも必要なものはある。冒険者向けの道具はギルドに近いところのほうが手に入りやすいが、できる限りギルド近辺を避けて買い物をすることにした。

王都を出るのは初めてだ。胃がしくりと痛んだ気がしてお腹をさすりながらも、緊急時のための携帯食料を揃えていく。

（知らない場所へ行くだけで胃が痛むなんて、前世でもそこまで臆病《おくびょう》じゃなかったのに）

用意をしているだけで、日があっという間に傾いた。エリーゼは街の西門へ向かう。迷宮都市ヴエンナへ直通の乗合馬車が出ているのだ。冒険者の時間は不規則なため、金さえ出せばいつでも出発できるよう、常にいくつかの乗合馬車が待機している。

（お金下ろさないとなー）

今は、冒険者になるためにこつこつと働いて貯めてきたお金が残っている。けれど、すぐに底を尽くだろう。冒険者というのは実入りもいいが、出ていく金も多い仕事だという。今回の旅だけで、持ち金は全てなくなってしまうに違いない。向こうの冒険者ギルドか大聖堂で、水晶玉——つまりは精霊の御代《みしろ》からお金を下ろさなくてはならない。おそらく貯まっているであろう、莫大な金額を思うと今から胃が疼《うず》いた。

（——あれもこれも、胃が痛くて嫌になるなぁ）

そのくせ、迷宮に入ること自体はそれほど怖いと思わず、胃は痛くならない。一般人の多くは地獄のようなものだと考えているのにもかかわらずだ。自らのファンタジー脳に感謝しながら歩いていくと、西門が見えてきた。

門に近づくほど商店や露店が増え、人通りも多くなった。門の前では、鎧《よろい》に帯剣した冒険者が列を成している。

街を出るには、門で手続きしなければならない。市民カード、または各種ギルドカードの名前と年齢、職業欄を門番に見せるだけでいい。それなのに、長蛇の列ができているのはどうしてだろうとエリーゼは首を傾げた。

「冒険者ギルドからクエストが出たらしいよ」

最後尾を探していたエリーゼに、肉の串焼きを売っている男が教えてくれた。不安そうな顔をしていたのだろうかと思いながら、エリーゼは訊《き》いた。

「緊急のものですか？」

「そうらしい。ただFランク以上への強制クエストらしいから、大した事態ではないはずだ」

店頭の男はエリーゼを安心させるように言った。Fランクと言えば、やっと初心者Gを抜け出したばかりである。これから向かおうとしている場所にそれほど大きな危険が発生したわけではないのを知り、エリーゼはほっとした。

エリーゼが旅支度を整えているのは傍目《はため》にも明らかなはずだ。しかし、エリーゼが冒険者だとは夢にも思わなかったのだろう。革の装備は軽すぎたのかもしれない。

エリーゼを冒険者とはまるで思っていない男の反応には落ち込んだ。そそくさと男の前から離れて、列の最後尾に並ぶ。

（……お金、使おう。見た目だけでもそれっぽくしよう）

迷宮攻略のための都市であるヴェンナなら、王都よりも装備品が手に入りやすい。ヴェンナで絶対にお金を下ろそうとささやかな決意を固めていると、案の定お腹が痛くなってくる。それを強い気持ちで抑えつけながら、今後の予定について考えた。

（表向きは王子様を探すミーハーな子ってことにしたほうが、動きやすいかな）

女の子が迷宮に入る。しかも、後宮に入っている貴族の娘が。それなりの理由があったほうが、不審には思われないだろう。第一王子が冒険者なのは、エリーゼにとってありがたかった。

（あと、余計な情報消しとかなきゃ）

エリーゼはギルドカードを取り出した。他の人に見せるのは名前と年齢と職業だけでいい。

街を一人で出るには成人していなければならない。また、名前をチェックされ、指名手配犯ではないことを確かめられる。市民カードやギルドカードは精霊が記載するものなので、名前を偽《いつわ》ることは不可能だ。これは犯罪者の出入国を防ぐ意味がある。

名前はエリーゼ・アラルド・ハイワーズ。年齢は十五歳。職業はエディリンスを隠して冒険者だけを表示しておくことにする。

エリーゼは溜息《ためいき》を吐《つ》いた。列は並び始めた時から半分も進んでいないのに、胃の不調はすでにピークだった。だが、たとえ吐いたとしても、列を離れるつもりはない。

(……せっかく、ここまで来たんだから)

前世の世界とは違って、道中に盗賊の類《たぐい》が出てもおかしくないし、強い魔物に襲われるかもしれない。だから緊張しているのだろう。そう考えて胃をさすりながら、エリーゼは列に並ぶ冒険者の数を数え始めた。これだけ数がいれば、この中の誰かと相乗りできるだろう。からかわれたりするかもしれないが、犯罪者や異形の生き物に襲われるよりはずっといい。

喧嘩《けんか》はともかくとして、冒険者はよほどのことがなければ他の冒険者に手出ししない。冒険者にとって自分以外の冒険者は商売敵だが、同時に背中を任せる大事な味方でもある。死地で手を取り合い助けあった仲間の言葉を、神の言葉よりも信頼するという。だから評判が悪くなれば、パーティを組むのが難しくなる。

(私も冒険者だし、だから、大丈夫、だって)

エリーゼは震える指を拳《こぶし》の中に握り込んだ。その拳を鳩尾《みぞおち》に押し当て、胃の痛みに耐える。

臆病《おくびょう》にもほどがある。自分が情けなくなりながらも、門に近づくほど血の気が引いていくのをありありと感じた。

ガタガタ震えているエリーゼを不審に思ったのか、後ろに並んでいた男が顔を覗《のぞ》き込んで驚いたような声をあげた。

「お姉ちゃん、顔が真っ青だぞ。大丈夫か？」

「いえ……」

「どうした？　何かあったのか？」

変に注目されてしまい、エリーゼは冷や汗の浮いた顔に笑みを作った。たかだか外に出るだけのことが、怖いのだ。バカげた恩恵《ギフト》が、エリーゼの胃を弱くしている。

それだけのことのはずなのに、引いていった血が元に戻らず眩暈《めまい》がした。

「エリーゼちゃん」

聞き覚えのある声がして、エリーゼはチカチカする視界に映る人影を睨《にら》みつけた。タイターリスだ。彼は苦笑して、労《いた》わるようにエリーゼの肩に手を置いた。

「エリーゼちゃんが迷宮に入るのを邪魔しにきたんだ。ヴェンナに行きたいならそこまでは見守ってあげるつもりだったけど、エリーゼちゃんには、街を出るのもまだ早かったみたいだな」

優しい声音で紡《つむ》がれる言葉を聞き、エリーゼは歯を食いしばった。そして、肩に置かれた手をふり払う。

「邪魔しないで」

「フラフラじゃないか」

「ストーカーみたいで気持ち悪い」

エリーゼはタイターリスに向かって吐き捨てた。彼が後をつけてきたのはギルドマスターの差し金で、エリーゼを思ってのことだろう。けれども、どうにかして壁を越えようとしているエリーゼの邪魔をしようとしているのも事実だ。エリーゼは、悪態をつかずにはいられなかった。

タイターリスは困ったように笑いながら肩をすくめる。

「俺もそう思う。本当にごめんな。おっさんからの依頼だし、何より俺の恩恵《ギフト》が疼《うず》くんだよなー」

「やめて、離して」

「悪いな。けど本当に顔色悪いんだよ、エリーゼちゃん。今にも倒れそうだ」

腕を掴まれて、エリーゼは列の外に出された。後に並んでいた人々が好奇の視線を向けてくる。その目つきを見て、二人が痴話喧嘩《ちわげんか》をしていると思われていることに気づき、エリーゼはいたたまれずに俯《うつむ》いた。

タイターリスは、そんな彼女の腕を引っぱって、門から離れさせようとする。

「どっかで休もう。な？」

「……わかった」

エリーゼは落ち込んだ声で言うと、慎重に言葉を選んで続けた。

「腕が痛いから、離して」

「ん。わかった」

「休むなら、あそこにあるお店に入りたい」

「んん？　どこの店だ？　あっちっていうと――」

タイターリスが目を逸《そ》らした隙《すき》に、エリーゼは駆けだした。彼は咄嗟《とっさ》に手を伸ばしたが、エリーゼはそれをかわす。

恩恵《ギフト》の一つ、【逃げ足】Ｄの力だ。その素早さは、体感したエリーゼ自身ですら驚くようなものだった。ギルドランクＤのタイターリスが追いつけなかった。性別や体格差を超越した力を得て、エリーゼは列の横を一気に駆け抜けた――門を目指して。

見物していた人々には、別れ話に男のほうがごねているようにでも見えたのかもしれない。列に割り込むつもりでギルドカードを取り出したエリーゼを、「早く早く」と囃《はや》したてる声がそこかしこから上がった。

勝手に盛り上がっているギャラリーを鬱陶《うっとう》しく思いながらも、エリーゼはこれ幸いと抜かしていった。最前列にいた人もその場の空気を読んだのか、彼女に順番を譲ってくれた。

エリーゼは門番にギルドカードを押しつけた。門番はろくにカードを確認することなく、彼女を門の向こうへ通してくれる。

だが、エリーゼの足はそこで止まってしまった。門の向こうにある草原を見つめながら、エリーゼは膝から崩れ落ちた。

周囲の人々から驚いたような声があがる。エリーゼ自身にも、何が起こったのかわからなかった。

鼻の奥で鉄の臭いがした。そう思った次の瞬間、エリーゼはその場で血を吐いていた。

周りにいた人々は慄《おのの》いて、彼女のそばから一様に後ずさった。

「病か!?」

「それは伝染《うつ》るものか!?」

動揺する人々の言葉に、そうなのだろうか、と他人事のようにエリーゼは思った。

だが、答えたのは彼女ではなかった。

「伝染るものじゃないんで、ご安心を」

「この女、お前のツレか」

「先ほどのやり取りを見ていたのなら、わかるでしょ」

軽く言うと、タイターリスはエリーゼに触れて唱えた。

「白く温かな癒《キュア》しの光」

だが簡単な治癒《ちゆ》魔法では、エリーゼの体調は少しもよくならなかった。

タイターリスは何かに納得したように頷《うなず》くと、エリーゼの身体をすくい上げた。お姫様だっこされても、文句の一つも出てこない。大人しく抱かれて、ただ口もとを押さえていた。自身の血で赤く染まった革の鎧《よろい》を見下ろしながら。

「みなさん、お騒がせして申し訳ないです。ここの掃除頼みます」

門番に銅貨を数枚握らせると、タイターリスはエリーゼを抱えたままその場を後にした。

門を離れると、エリーゼの気分は急に良くなっていった。呆然としているエリーゼを、タイターリスはひと気のない細い路地で下ろした。

エリーゼが自力で立つことができるのを確認すると、彼は厳しい顔つきをして言った。

「さっきは混乱を避けるためにああ答えたが、もちろん、俺はエリーゼちゃんが病気かどうかなんて知らない。特殊な病気にかかっているとか、そういうことはないな？」

「……たぶん」

エリーゼは素直に答えた。身に覚えがない。ただ、事実として彼女はかなりの量の血を吐いた。

エリーゼが言い淀《よど》んでいると、タイターリスは自身の背嚢《はいのう》から水筒を出してエリーゼに渡した。

それを受け取って口をゆすぐと、エリーゼも人心地がついてきた。

「胃を悪くしたのかも。私、胃が弱いから」

「胃？」

「新しいことをしようとしたから恐くて、胃に穴が開いたのかも」

前にも血を吐いたことがある。そのことを思い出して言うと、タイターリスは押し黙った。エリーゼをじっと凝視し考え込む彼が口を開くのを、大人しく待つ。

焦りに似た恐怖が、じわりとエリーゼの胸に広がっていく。もしも危ない病気だったら、どうすればいいのだろう。もし伝染《うつ》る病だとしたら、エリーゼの血の近くにいた人たちが門を出て行くのを止めなくては、大変なことになる。

エリーゼが耐えきれずに路地を出て行こうとした時、タイターリスは首を横に振った。

「大丈夫だ。エリーゼちゃん、君はたぶん、伝染病の類《たぐい》にはかかってない」

彼女の心を読んだように、タイターリスは言った。

「病気にかかっていたとしても、それは今日の朝以降にかかった病ということになる。こんなにすぐ発病して血反吐《ちへど》を吐かせるような病なんて、滅多にあるもんじゃない」

どうして朝以降にかかったということがわかるのだろう。首を傾げているエリーゼをよそに、タイターリスは滔々《とうとう》と話を続けた。

「俺は朝から、エリーゼちゃんを見守っていた。それから今までの間に、悪い魔力やなんかは感知しなかったよ。だから呪いや魔法のせいでもない。俺はこう見えて剣士兼魔法使いだから、信頼してくれていいよ」

具合は嘘のように良くなっていたが、彼の言葉が素直に頭に入ってこない。冷えきった手の温度が戻らない。

（また死ぬのかもしれない）

エリーゼは血で汚れた手を見下ろした。その手は小刻みに震えている。

「エリーゼちゃん、俺、さっき治癒《ちゆ》魔法かけただろ？　あれ、コントロールしないとその怪我や病気が治るまで、魔力が持ってかれるんだ。でもあの時、それがなかった。軽く傷口を塞《ふさ》ぐような感じだったよ。さっき言ってた通り、胃を悪くしただけなのかもな。――エリーゼちゃんの言うこと、俺は疑ってないから恐がらなくていい」

エリーゼの震えの理由を誤解したように、タイターリスは言った。タイターリスの言葉で自身の命を脅《おびや》かすのが病気だけではないと思い出して、エリーゼの震えは強まった。万が一、伝染病にかかっていたとしたら、隔離などされるまでもなく、命を奪われる可能性が高いのだ。

「エリーゼちゃん、王宮に入っておいで」

「おう、きゅう?」

思いも寄らぬ言葉にエリーゼが目を見開くと、タイターリスは依然として厳しい表情のまま言った。

「王宮には、死病をもたらすものや死に至るような呪詛《じゅそ》は入れないようになっている。国家の守護精霊の目が行き届いているからね——エリーゼちゃんは朝、王宮から出てきただろう？」

「そこから見て、たの？」

「ギルドマスター直々の依頼だからな。探したさ」

「……だから、病気にかかったのが、今日の朝以降ってこと、なんだ」

「そういうことだ。もう一度入りに行きな。不法侵入にはならないんだろう？　敷地内に入れたら、病気だとしてもありふれたもののはずだ。だから、さっさと確かめに行こう」

「ありが、と」

エリーゼは目に溜《た》まった涙を落としそうになって、口をつぐんだ。他人に気を使われて、思いやられていると思うと泣きたくなった。

鼻をすったエリーゼに、タイターリスは低い声でつけ加える。

「最後にもう一つ、可能性があるが——そうでないほうがいい」

タイターリスの言葉はどこか不吉な感じがした。エリーゼは次に続く言葉を待ったが、彼はそれ以上何も言わなかった。

王宮に着くと、恐怖に急《せ》き立てられるようにして、エリーゼは血で汚れた革の鎧《よろい》を脱いだ。顔と手を拭《ぬぐ》い、後宮に続く使用人入り口から入る。何事もなく中に入ることができ、重い病気ではなさそうだとわかったので、心の底から安堵した。

エリーゼが王宮から出ると、入り口のところで待っていたタイターリスが舌打ちした。その顔からは人好きのする笑みが消えている。彼が急に態度を変えたことを、エリーゼは怪訝《けげん》に思った。

「病気のほうが良かった……人の悪意の塊である、呪詛《じゅそ》のほうが良かっただろうに」

「タイターリス、さん？　どういうこと？　私、重い病気だっていうこと？」

「違う。病気でもなんでもない。むしろ、そのほうが良かっただろうな、治る見込みがあるだけでも」

吐き捨てるように言い、タイターリスはエリーゼに背を向けた。顔は苛立《いらだ》ちに染まり、その歩みはエリーゼに対する配慮など全く感じられないほど速かった。

「教えてください、なんなの？　あなたの見立てでは、私、どうなるの？」

「エリーゼちゃん、後宮に入ってるんだろ？」

タイターリスは軽蔑《けいべつ》したように言った。エリーゼはどきりとしたが、バレるのもしかたがないとすぐに思った。先ほどは血を吐いて気が動転し、彼が見ている前で後宮に続く勝手口から中に入ってしまったのだ。

「大方、フラフラしてるっていう第一王子を探しに来てたんだろう。だからこんな目に遭《あ》うんだ。

なんで俺は、こんなバカの面倒を見ているんだろう？」

「なんで私がバカ呼ばわりされなくちゃやならないの？」

「エリーゼちゃん、精霊に呪われてるから」

建前《たてまえ》としては、第一王子を探しにきていることにしようと考えていた。だから否定はしなかったものの、一方的な言葉に憤《いきどお》って声を荒らげたエリーゼに、タイターリスは突きつけるように言った。

「精霊とどういう契約を交わしたのか知らないけど、地位とか金とか名誉とかのために、早まったんだろ？　バカだなあ。さすがの俺でも呆れるよ」

「何を言ってるの？」

「『王子様と結婚したいから協力して、代わりに後宮に縛りつけられても構わないから』、とか精霊にお願いしたんだろ？　そのせいで、エリーゼちゃんの身体は後宮から離れられないようになってる。だから血を吐いたんだ」

「……意味が、わからない」

言葉の通り、エリーゼにはタイターリスの言っていることの意味がわからなかった。タイターリスはエリーゼがとぼけていると受けとったようで、嘲笑《ちょうしょう》した。

「可哀想だけど、もう逃れられないよ。精霊の呪い《バッドステータス》ってそういうものだ。エリーゼちゃんの人生には、これからずっと精霊がついて回る。逃れることはほとんど不可能だ。軽はずみな選択をしたね。それで第一王子と出会うことができたとして、エリーゼちゃんは自分の魅力で落とすことができるって、ホントにそう思ったのか？」

「なんで、そんなこと言うの？」

先刻とは違う意味で泣きそうだった。ついさっきまで、心配してくれていたはずなのに。

今のタイターリスはエリーゼをいかに傷つけることができるか腐心《ふしん》しているようにすら見える。

「俺は精霊が大嫌いなんだよ」

タイターリスは笑った。陰のある笑顔だった。

「精霊を敬《うやま》うやつも、精霊に頼るやつも嫌いだ。その中でも、エリーゼちゃんみたいに精霊を使って自分の願いを叶えようとするやつは、飛びきり大嫌いだ。吐き気がするね」

タイターリスは責めるように言った。にもかかわらず、歪《ゆが》んだ顔に罪悪感のようなものが見てとれて、エリーゼの目から涙がこぼれ落ちた。

「精霊なんか、知らないよ」

「泣くなよ。まるで俺が悪いみたいだ」

絞《しぼ》り出すような声で言うと、タイターリスは今度こそエリーゼを置き去りにした。


取り残されたエリーゼは、後宮に常駐している医者のところへ行って診てもらった。血を吐いたと言うと、医者は治癒《ちゆ》魔法をかけてくれ、すぐに完治した。

自分にあてがわれた部屋に帰ろうとしたが、ちょうど部屋から出てきた侍女に、未だに姉とその信奉者がいると聞いて、近くの空き部屋で休むことにした。お茶を淹《い》れるだの、お菓子を用意するだのと言う侍女を追い払って一人になると、エリーゼはギルドカードを取り出した。

名前……エリーゼ・アラルド・ハイワーズ
性別……女
年齢……15歳
職業……エディリンス　冒険者
種族……人間
恩恵《ギフト》……【気配察知】C　【逃げ足】D　【警告】B　【美貌に弱い】【胃弱】
加護……？？？の霊魂
▼精霊クエスト

立体映像を指でいじると、各項目を並べ変えたり、恩恵《ギフト》の表示順を変えたりすることができた。

無意味な操作を繰り返しながらも、つい【胃弱】の説明書きを開いてしまう。


【胃弱】

お腹が弱い。ストレスは胃に来る。

そんなあなたのための恩恵《ギフト》。

胃に対するダメージが深いほど、【気配察知】、【逃げ足】、【警告】の威力が底上げされる。

エリーゼはその説明書きを、何度も読み返す。

行動が精霊によって制限される、などとはどこにも書かれていない。

「だけど……街から出ることが、できなかった」

軽い文体が、どこか突き放すようで残酷に見えた。

精霊の呪い《バッドステータス》、とエリーゼは小さく呟《つぶや》く。

「いくらなんでもおかしい。街から出るのが胃を壊すほど怖いわけがないし、それに他にも……」

大金のことと、それを稼いだ経緯を知られるのは怖い。けれども大聖堂に入る程度のことに、これまでどうして十年間も怯《おび》え続けていられたのだろう。

震える手で、胃を掴むように腹を握った。考えれば考えるほど、胃が強烈に痛んだ。まるでエリーゼの思考を阻《はば》むかのように。

「うるさい。私は、こんなことに怯えるような人間じゃ、ない」

エリーゼは前世を思い返した。臆病《おくびょう》だったけれど、それは人が好きであることの裏返しでしかなかった。友達が好きで、嫌われたくなかった。高校受験の時には彼女たちと離れるのが心底嫌で、無理をして勉強した。

懐かしく昔を思い出していると、胃の痛みがだんだんと遠のいていくのがわかった。だが、同時に恐ろしい事実にも気がつく。

「……あ、れ」

エリーゼは声をあげた。

「前世の私の名前、なんだっけ」

それからいくら考えても、エリーゼは自分の名前を思い出すことができなかった。


その頃、ステファンは教会を訪れていた。案内された教会の礼拝堂には、奥にあるステンドグラスからくぐもった光が差し込んでいる。ステファンは木でできた長椅子に腰かけ、精霊神アスピルを表しているというその光を眺めていた。

隣の部屋からは、師父《しふ》が子供たちに話を聞かせている声が響いてくる。裕福な市民街にあるこの教区には、物乞《ものご》いはいない。師父は子供たちに教会の教えを説きもするが、彼らが教会への興味を失わないように、童話の読み聞かせもしている。

「――こうして、赤の勇者は黒の魔王を倒すことができたのでした」

師父がそう締めくくると、子供たちの歓声とざわめきが聞こえてきて、ステファンは呟《つぶや》いた。

「輝く赤金《しゃっきん》、灰色の黒、流離《さすら》う緑、老いた白――赤の勇者の物語、か」

「お好きなの？」

不意に声をかけられて、ステファンは振り返った。少女がそっと礼拝堂に入ってくる。薄暗がりを照らすような淡い銀色の髪の毛が、優しく波打つ。赤い唇に浮かぶ微笑みが儚《はかな》げな印象を与える一方、大きな瞳は強い意志を宿していた。

「聖女様……」

「お好きなの？　この物語」

「読んだことはない、です」

「でも先ほど、物語の冒頭をそらんじていたようですわ」

くすり、と聖女が微笑んだ。笑い声が光の粒のように跳ね回る幻を見て、ステファンは唇を引き結んだ。

「聖女様は好きなん……なの、ですね」

「無理に敬語を使わなくてもいいのですよ。わたくしのほうが小さいのですし、ちょっと変な感じがするでしょう？　わたくしの前では楽になさって。お母さまの懐《ふところ》に抱かれている時みたいに」

「――母上？」

素《す》っ頓狂《とんきょう》な声をあげたステファンを、聖女は不思議そうに見上げた。ステファンは困った顔をしたあと、たどたどしく言った。

「母上に、抱かれたことなんてない」

「そうなの？」

「それに、僕は、――あの物語が嫌いだ」

ごめん、とステファンは素直に頭を垂れた。ステファンよりもいくつか年下に見える少女は、慈《じ》愛《あい》に溢れた笑みを浮かべて首を振った。

「わたくしの想いを理解できないこと、勇者の物語を尊《とうと》べないこと――そして精霊を敬《うやま》えないことも、すべてしかたのないことなのですわ。あなたにはまだ、悟《さと》りの時が来ていないだけなのですもの」

「僕がこんなだから、父上は僕を見てくださらないし、母上も、兄上や、姉上だって――」

「ご家族の噂《うわさ》は聞いているわ。素晴らしい方たちだって」

「ありがとうございます、聖女様」

ステファンは嬉しそうに微笑んだが、すぐにその笑みを消して視線を落とした。

「全員がそうというわけでは、ありませんが」

「妹さんのことね」

「あいつはおかしい」

「お父様を敬《うやま》わないのでしたかしら」

「そうです。あいつはおかしいのに、家族のみんなは何も言わないんだ。弟はあいつに洗脳されたのか、冒険者なんて馬鹿げたことをやっている」

「ステファンは妹や弟のことを、とても心配しているのですね。優しいひと」

「あれの心配なんか！」

声を荒らげたステファンに、聖女は微笑む。その笑みを受けて、ステファンは居心地悪そうに俯《うつむ》いた。

「弟妹《ていまい》を大事に思うことは、恥ずかしいことではないですわよ」

「大事になんて思っていません」

「あなたがそうおっしゃるなら、それでいいの。ただ、精霊神は目上の者への敬意を、そして目下の者への慈愛を望んでおられるということは、忘れてはいけないのですわ」

「……はい」

渋々といった様子で頷《うなず》いたステファンに、聖女はにっこりと笑って言った。

「前の聖女にそうしていたように、わたくしのこともぜひ頼りになさってね。……今日のところは、わたくしがあなたを頼りにすることになるのですけれど。国王陛下から直々にお手紙をいただいて驚きましたわ。精霊神像を作っていただけるって。偶像は禁じられてはいないのですけれど、上手くアスピル様を具現できる方がなかなか見つからなくて。いい構想は浮かびそうかしら？」

「こうして礼拝堂を見せてもらって、考えはまとまってきています」

「それはよかったわ」

聖女は弾むような声で言った。

「わたくしに手伝えることがあったら、なんでもおっしゃってね。あなたが才能を十分に発揮できるように、協力は惜しまないわ」

手を合わせて微笑む聖女にステファンも笑顔を見せると、天窓から差す光のほうを見やった。礼拝堂を照らすその光は薄黄色に色づいていて、温かそうだ。

「ゆっくりとしていらしてね」

優しい声音でそう言うと、聖女は礼拝堂を後にした。残されたステファンは、長椅子から腰を上げる。

白い大理石の供物台《くもつだい》に近づくと、光に照らされているにもかかわらず空気が冷たい。台座に触れてみると、嘘のようにひんやりとしていて、ステファンは鳥肌を立てた。

降り注ぐ光の中に、塵《ちり》が輝く。ステファンは目を凝《こ》らし、光の向こうにあるものをしばし探し続けた。

急に袖《そで》が引っぱられて、ステファンは思わず振り払った。

「うあっ」

大理石の床に尻もちをついたのは、小さな子供だった。それを見たステファンは駆け寄ろうとして――できなかった。十歳にも満たないであろうその子供の手には、薄い絵本があった。

（赤の勇者の、物語）

固まっているステファンの顔を見上げると、目を潤《うる》ませていた子供がにこりと笑った。振り払われたことも忘れたようにステファンの足下へ近づき、舌っ足らずな調子で言う。

「これ、よんで！」

甘えた声。脳裏を過《よぎ》る色褪《あ》せない過去の光景に、ステファンは青ざめた。

幼い子供が庭で絵本を読んでいる。その腕に抱えた幼い弟のため、舌っ足らずな調子で何度も何度も繰り返した。『これは赤の勇者の物語』――

「ねえおにいちゃん、よんでよ」

「そういう気分じゃない……どっか行け」

「やだ、よんでよ、おにいちゃん」

「僕はお前の兄なんかじゃない。あっちの部屋にでも戻って、師父《しふ》に読んでもらえばいいだろう」

「ぼくはおにいちゃんがいいの！　いいから、えほんよんでよっ！」

不満そうに口を尖《とが》らせた子供を見て、ステファンは血が逆流するような感覚に襲われた。目の前が真っ赤に染まる。

気がついた時、ステファンの前には子供が転がっていた。

丸い頬《ほお》には、赤い痕《あと》がある。

「あ――」

「う、あああああんっ！」

子供は泣きながら逃げ出した。遠のく泣き声を聞きながら、ステファンは子供の頬を打った感触の残る右手を震わせる。掌《てのひら》を強く握りしめると、ステファンはうなだれて嗚咽《おえつ》した。

「ちく、しょう」

震える拳《こぶし》を胸に抱きしめて、食いしばった歯の間から小さく呻《うめ》く。

「こんなの嫌だ……かっこ悪い」

背を丸め、強く瞼《まぶた》を閉じたまま、ステファンは唇を噛みしめた。


教会の裏手にある建造物は、師父や聖女の居住空間だ。ステファンが教会を訪れた日の夜、その中の一室で、絹の聖衣から布のスカートに着替えた聖女がひざまずいていた。

狭い部屋に小さな火を灯《とも》した蝋燭《ろうそく》を置き、頭を垂れている。動かない聖女の頭から時おり白銀の髪の毛が零《こぼ》れ落ち、絵画のような空間に時間を刻む。

その時、静寂を破るように声がかかった。

「聖女様、ご飯ですよ」

「……やだ、お手伝いをしようと思ってたのに」

部屋を覗《のぞ》き込んだ師父《しふ》を見て、聖女はばつが悪そうに言いながら立ち上がった。

「それにしても、こんなところでまで聖女なんて呼ばなくってもいいのに。ここは、わたくしたちみんなの家じゃない」

「では、姫様とでもお呼びしますか？」

「やめてちょうだい。精霊神の前に、わたくしたちはみんな平等なんだから」

「いいえ。平等ではありませんよ。精霊神に特別愛されていることが、聖女の条件ではありませんか」

「……そうね。わたくしは愛されているわ」

「何か気になることでもありましたか？」

聖女は師父を見上げた。アーハザンタスに存在する五つの教会のうち一番大きなこの教会の師父を、彼は十数年という長きにわたって続けている。十代前半に見える聖女と並ぶと、本当の親子に見えてもおかしくない年齢のはずだ。

しかし、師父はそう見えなかった。どこか清廉《せいれん》な空気をまとっていて、俗世に血の繋がりを持った人間など一人もいないように見える。それでも、彼は教会を訪れるすべての者の父であり、身分や教会内の立場はともかく、この祈りの家の敬愛すべき長だった。

聖女はしばらく考えたあと、頷《うなず》いた。

「ええ。やっぱりハイワーズ家って、気になるわ」

「ハイワーズ、ですか。ステファン殿のことですか？」

「ステファンは素直ないい方だわ。市民カードもあっさり見せてくれたし、不審なものは何もなかったわよ。隠してるかもしれないけれど」

「そうですか」

「だけど、あそこのおうちっておかしいわよね」

「おかしいですか？」

「ええ。そもそも普通の家族がどういうものかを、あまり知らないわたくしが言うのもどうかと思うけれど……」

廊下の中ほどで足を止めた聖女に釣られたように、師父も足を止めた。

「子を愛さない親なら他にもいると思うわ。けれど、なぜハイワーズ家の方々はあんなにも、父親を愛しているのかしら。とてもお美しいとは聞いているけれど、それだけで盲目的に尽くせるものなの？」

「つまり、聖女様はどうお考えで？」

「わかってるくせに。そうやって試すように聞くの、感じ悪いわ」

「うちの『娘』は、どうやらハイワーズ家の子供たちとは違うみたいですね」

頬《ほお》をふくらませる聖女に、師父はくすりと微笑んだ。聖女は肩をすくめる。

「無意味な崇拝《すうはい》を、精霊神がお望みなわけがないもの」

「そのようですね。アスピルの申し子がそう言うのですから、そうなのでしょう」

「まぜっかえさないで。師父《しふ》、あなたはどう思う？」

「どう、ですか？」

笑顔で首を傾げる師父を睨《にら》みつけながら、聖女は言った。

「あのお家のお父様、人間なのかしら」

「そう思いますよ」

「あっさり言うわね。その根拠は？」

「アラルド・アラルド・ハイワーズは爵位《しゃくい》をお持ちだ。これは適齢になった時、王から叙任《じょにん》されるもの。つまりハイワーズ準男爵は、叙任された時に王とアールジス王国の守護精霊による審査を受けているのですよ。その時、彼が人間でなければ叙任は行われなかったはず」

「――アールジス王国の貴族が全て人間であるように。わたくしたち精霊神教会《せいれいしんきょうかい》の教えが取り込まれたのは、もう二百年も前の話だったわね」

「そうです。もしもアラルド・ハイワーズが人間でないのに準男爵位を持っているとすれば、王家がそれを知った上で、見逃しているということになる」

「あら、精霊神教会に対する反逆ということ？　穏やかではないわね」

「考えられるのは、ハイワーズ準男爵が【魅了】の持ち主だということでしょう。あなたと同じくね」

こくりと聖女は頷《うなず》いた。

「確かにそうね。魅了するというだけで悪魔のように思われるけど、魂の位《くらい》が高い人間にはそれに相応《ふさわ》しいよう、精霊が【魅了】という恩恵《ギフト》を与えることだってあるのよね」

「準男爵がそうだとすれば、彼の家族が彼に魅了されているのは普通のことでしょう」

「ステファンの話を聞く限りでは、彼の妹であるエリーゼ・アラルド・ハイワーズは魅了されていないようだけれど？」

「精神感応系の恩恵《ギフト》への耐性があるのかもしれません」

微笑んだまま言った師父に、聖女も笑った。

「もしくは、魂の位が【魅了】という恩恵《ギフト》に抗《あらが》えるほど高いのかもしれない……わよね？」

「逆に、ハイワーズ準男爵の【魅了】が通じないほど、魂の位が著《いちじる》しく低いという可能性もありますね」

「虫けらじゃないのよ。そんなこと言っては可哀想だわ」

聖女は悪戯《いたずら》っぽく笑った。ただの少女のように無邪気なその顔をしばらく見守ってから、師父は口を開いた。

「妖精や魔物の縁者は【魅了】が効かないことが多いそうです。もしかしたら——魔族、かもしれませんね」

師父の言葉を聞き、聖女の白い頬《ほお》が赤く染まった。小さな声で「嫌だわ」と呟《つぶや》きながら、彼女は目を細めた。

「そんな汚らわしい生き物が、同じ国にいるだなんて」

「そう言う割には嬉しそうですね」

「初めての悪魔狩りだもの」

うっとりとした顔で言った聖女に、師父《しふ》は苦笑した。

「まだ悪魔だと決まったわけではありませんよ」

「報告を聞いていないわけではないのでしょう？　エリーゼ・アラルド・ハイワーズのギルドでの反応、悪魔の証だわ」

「ですが、タイターリス殿は気にかけていらっしゃるようですよ」

「……悪魔で決まりよ」

タイターリスという名を聞いた途端、聖女は機嫌を悪くしたように歩き出す。そんな彼女の後に続きながら、師父はたしなめるように言った。

「聖女様、タイターリス殿の性格は知っているでしょう？　彼もまた、敬虔《けいけん》な精霊神の申し子です。彼は決して悪魔に与《くみ》さない」

「与さない割には、悪魔をよくこの王国から逃がしてるわ」

「追い払っているんでしょう？　あなたがよくそう言ってタイターリス殿を庇《かば》うんじゃありませんか。それとも、彼が悪魔を援助していると中央教会に報告しますか？」

「だめよ！」

「そうですか」

ふくれ面をしながら、聖女は足どり荒く歩いていった。

「優しいタイターリス様があの子を怒鳴りつけていたって聞いたわ。悪魔でしかありえないわよ！　絶対に尻尾を掴んでやるわ」

「頑張ってください」

「獣ならともかく、魔族なら決して逃がしたりしない。必ずわたくしの手で始末するわ」

「嫉妬《しっと》だけで殺してはいけませんよ」

「わかってるわよ！」

声を荒らげて行ってしまった聖女の背を見送って、師父は呟《つぶや》いた。

「タイターリス殿といい……聖女様といい、エリーゼ・アラルド・ハイワーズが精霊神アスピルの申し子の心を逆撫《さかな》でしているのは事実、ですね」

偶然かもしれませんが、と付け加えた彼の表情は、笑顔のまま変わらない。口もとを柔らかく緩《ゆる》ませながら、師父はゆっくりと歩いていった。

食堂に入ると、聖女と神官見習いたちが先に食事を始めていた。聖女に舌を出されたが、師父は額を軽く打つだけで彼女を許してやった。


血を吐いた翌日、エリーゼは後宮の女官長室の扉の前に立って考え込んでいた。

精霊の恩恵《ギフト》というものは、一度与えられると外すことができない。だが、それに対抗できる恩恵《ギフト》を手に入れれば、その効力は相殺《そうさい》される。

「精霊の呪い《バッドステータス》に対抗できる、グッドステータスみたいなのがあるってことだよね？」

エリーゼは、自分に言い聞かせるように呟いた。精霊の呪い《バッドステータス》をどうにかするためには、まずは情報を集めるしかない。

前世の名前を思い出すことができないことも、エリーゼの不安を煽《あお》っていた。

（どうして、それだけ思い出せないいんだろう）

他にも、何か忘れているのかもしれない。エリーゼは頭を抱えて大きな溜息《ためいき》を吐《つ》いた。しかし、目の前にある扉の向こうに気配がして、垂れていた頭を上げた。

「どうぞ、お入りください」

「失礼します」

「わたくしなどに、そのような丁寧な言葉をお使いにならずとも結構でございます」

部屋に入って早々叱られ、エリーゼは首をすくめた。大きな机を中心に書類や本が積まれた部屋の主である老女は、背筋をピンと伸ばしていた。エリーゼより拳《こぶし》一つ分背が低いはずなのに、なぜか大きく見える。

エリーゼは昨日は空き部屋で一晩を過ごした。朝には、カロリーナとその信奉者たちは退室していたらしかったが、エリーゼは部屋に戻らず、すぐに出かけたかった。

だが、侍女のシーザが待ったをかけた。また出かけるのなら、女官長に話を通すようにと、半《なか》ば懇願《こんがん》するように言ったのだ。そのまま出かけては、少女に迷惑がかかるらしいとその様子から察して、エリーゼは女官長の部屋に赴《おもむ》いた。

「女官長さん、あの」

「シーザから聞いておりますよ。また外出されたいそうですね」

「はい。私には休暇が必要だと思うんです。入ったばかりで申し訳ないのですが——」

「へりくだる必要はありません。貴女様はエディリンスでいらっしゃるのですよ」

どう答えたらいいのかわからず、咳《せき》払いをしてからエリーゼは続けた。

「具合がどうにも悪くって」

「吐血なさったと伺《うかが》っております。後宮の侍医《じい》の手によって、もう完治しているとも」

「う……だけど、あの」

「それにしても、お労《いたわ》しいことです。エディリンスに後宮での生活を快《こころよ》いものと思っていただけないのは、わたくしとシーザが至らないからでございましょう」

そう言って、女官長は頭を下げる。

あてつけだろうかと首を傾げるエリーゼの前で、彼女は滔々《とうとう》と続けた。

「どうぞ、わたくしをお叱りくださいませ。シーザに罰をお与えくださいませ」

「え、あの、別にあの子は何も悪くないので……」

「エディリンスの優しいお心が痛まれるのでしたら、わたくしが手を下しましょう」

ここに至って、やっとエリーゼは気がついた。あまり勝手なことをしていると、侍女が痛い目を見るのだと女官長は言っているのだ。エリーゼは顔を歪《ゆが》めた。

行動の自由があるとはいえ、後宮の妃候補としての役割があるのに、好き勝手にふるまおうとするエリーゼに非があるのも事実だろう。家や国王陛下の意向で無理矢理後宮に入れられたことなど、ここに勤める人間にとっては関係ないのだ。

しかし女官長は、すぐに自身の言葉を撤回するようなことを言った。

「エディリンスが外にご用を抱えているというのなら、話は別ですが。――元よりこの後宮は第一王子であらせられる、ハーカラント殿下の御為《おんため》に作られたもの。ですから殿下の御為に動かれるエディリンスを、賞賛いたすべきなのでしょう。エディリンスが身の毛もよだつ野蛮《やばん》な者共の巣窟《そうくつ》に足を運ばれたというお噂《うわさ》は、わたくしの耳にも届いております」

「……ちょっと待って」

エリーゼが制止すると、老女官長は大人しく口をつぐんだ。強い輝きを放つ茶色の瞳が、エリーゼをじっと見すえている。

エリーゼは慎重に言った。

「私が冒険者ギルドに行ったことを言っているんですよね？」

「その通りでございます。お噂《うわさ》はかねがね。昨日も、ギルドの招集に応じてヴェンナに向かわれるところだったのでしょう。荒事を好まれて出奔《しゅっぽん》を続ける殿下を理解するためとはいえ、エディリンスともあろう方が、情けないばかりのふるまいです」

ちらりとも動揺を見せない女官長。そんな彼女を見て、エリーゼは嘆息《たんそく》した。

女官長は、妃候補の現状を常に把握しておくための情報網を持っているのだろう。もしかすると、エリーゼを尾行している者たちの中にも、女官長に情報を流す人間がいるのかもしれない。

エリーゼは、昨日出されたクエストに参加しようとしていたと女官長が勘違いしているらしいのを訂正せずに訊《たず》ねた。

「ハーカラント殿下が今どこにいらっしゃるか、女官長さんは知っていますか？」

「わたくしなどが知り得ることではございません」

「女官長さんも、殿下が王宮に落ちつかれることを望んでいるんですよね？」

「当然でございます」

頷《うなず》いた女官長を見て、エリーゼは少し考えてから言った。

「実は、家族に冒険者に詳しい者がいて。何か目新しい話でも聞くことはできないかと考えているんです」

「エディリンスの弟君のことですね？」

「知っているんですね」

やっぱり、と口の中で呟《つぶや》いたエリーゼに、女官長は鋭い眼差しを向けた。

「殿下に関わることでしたら、わたくしどもも出来得るかぎりの情報を集めておりますよ。エディリンスが殿下の将来のために、そしてアールジス王国の未来のために尽力なさりたいとお考えなら、わたくしも、協力させていただくことやぶさかではございません」

「冒険者は秘密主義ですが、仲間には心を開くものです。私の弟は成人していませんので、正式には冒険者とは言えませんが、多くの仲間の背中を守ってきた子です」

実際のところ、エリーゼはリールの冒険者としての活動をあまり知らない。彼はしゃべらないし、冒険者は荒々しく開けっぴろげなイメージとは裏腹に、秘密主義者が多いからだ。

「わたくしどもが知りえないことも、弟君なら知っていると？」

「可能性は、全くないとは言えないでしょう。冒険者は、神よりも仲間に秘密を明け渡すものです。物語なんかにも書いてあるじゃないですか」

「――『その英明さによって、神に化けていた悪魔を退《しりぞ》ける』のでしたね。あまりにも神に対して不遜《ふそん》だとは思いますが、その分、悪魔という存在の脅威《きょうい》を知らしめている章だったと記憶しています。恐ろしいことでございます」

話をどんなふうにまとめよう、と内心首を傾げていたエリーゼだったが、女官長は勝手に納得したように頷《うなず》いた。

「冒険者は悪魔に挑戦する野蛮《やばん》な者たち、迷宮は悪魔のもとへと続く黄泉路《よみじ》でございます。お気をつけくださいませ」

「あ、はあ。行ってもいいってこと、ですか？」

「殿下のことで新しく知ることなどありましたら、ぜひともわたくしにお教えくださいませ」

さらりと言われた言葉に引っかかりを感じて、エリーゼは考えをめぐらした。

しばらくして、エリーゼは「ええと」と口ごもりながら訊《たず》ねた。

「つまり、新しいことがわかったら、情報を渡せば後宮を出てもいいってこと、ですか？」

「エディリンス」

女官長は、厳しげな表情を少しゆるめていた。

「あなたはお若いのに、察しがよろしくていらっしゃる。けれど、そのように無粋《ぶすい》な念押しをしていては、いつかそれが仇《あだ》となることもございましょう。藪《やぶ》をつつくような真似をするより、わからなければ口をつぐんでいいように受けとってしまったほうが、禍《わざわい》を招き寄せずに済みますよ」

「あ、はい」

「ちなみに先ほどのわたくしの言は、新しい情報を得たら情報交換に応じましょうという意味でございます」

「殿下の、ですか？」

「当然です。先ほど、わたくしが殿下の情報をちらつかせた時、飛びつかなかったのはよい反応でございました。胸の内をさらけ出すような真似をすれば、あっという間に足を掬《すく》われてしまいますからね」

「はあ、そうですか」

「駆け引きは後宮にはつきもの。慣れぬうちは、黙ってにこにこ微笑んでいるのも良策でございます」

「ご忠告、ありがとうございます」

どこかで聞いたアドバイスだと思いながら、エリーゼがへりくだることにならない程度の頭の下げ方について考えていると、女官長は困ったように微笑んだ。

「エディリンスはどこか、老婆心《ろうばしん》を起こさせるところがおありでございますね」

「はい……？」

首を傾げたエリーゼに、女官長は折り目正しく頭を下げた。

「いってらっしゃいませ。どうぞ、お身体にはお気をつけて。無理をなさらず……一刻も早いエディリンスのお帰りを、心からお待ちしております」

女官長の目的や狙いが何なのか、エリーゼにはいまいち理解できなかった。だが、目の前で頭を垂れる女官長は、自分の帰りを心から待ちわびてくれているように見える。

（どう反応したらいいかわからない時には、いいように受けとればいいんだっけ）

つい先ほどの女官長の言葉を思い出しながら、エリーゼは微笑んだ。

「心配してくれてありがとう」

「当然のことでございます」

行ってきますと言おうとしたが、声が出なくてエリーゼは苦笑した。女官長に見送られて後宮を後にし、久しぶりに王宮正門から外へ出ると、エリーゼは息を吐いた。

「ご飯は美味《おい》しいし、女官長は悪い人じゃなさそうだけど……」

振り返って、そこにそびえ立つ王宮の大きさに、もう慣れてしまった自分に苦笑した。大きな建物には耐性がある。生まれる前のことを思いだしながら、エリーゼは呟《つぶや》いた。

「帰ってくる場所っていう、気がしないんだ」

考えを打ち切るように、エリーゼは王宮に背を向けた。

「――よっし！　冒険者ギルドへ、ゴー！」

目的は、恩恵《ギフト》と精霊の呪い《バッドステータス》の情報収集。

その時、誰かに見られているような気がした。それをふり払うように、エリーゼは足を速めた。

「姉さん！」

ギルドに入ったとたん大きな声で出迎えられて、エリーゼは目を瞬《しばた》かせた。

「具合が悪いんですか？　何かの病気なんですか!?　医者はなんと言っていましたか！」

「え？　はい？」

「はい？　じゃありません！　血を吐いたと聞きましたよ！」

エリーゼは近づいてきて胸倉を掴んだ弟に、へらりと笑った。

「もしかして、心配してくれた？」

「あたりまえでしょう！　で、体調はどうなんです？　……いい医者にかかってきたんでしょう」

「うん？　たぶん藪医者《やぶいしゃ》とかじゃないと思うけど。だって――」

後宮勤務の侍医《じい》だから。エリーゼは口の中で呟《つぶや》いた。リールは声を低くして言う。

「わかっています。それ以上は言わないでください。場所を移しましょう。昼間からこんなところで酒を飲んでいるような人たちに、ただで情報をやるなんてバカげていますから」

リールの言葉にギルド内の冒険者たちが殺気立ったのがわかり、エリーゼは首をすくめた。だが誰も彼に食ってかからない。つまり、それだけリールが一目置かれているということだ。

「――リールって、すごいなあ」

「なんですか、いきなり」

怪しむようにエリーゼを見るリールに、彼女はにっこりと笑った。

「あの恩恵《ギフト》のこと、もう許してくれるんだね」

「……それとこれとは話が別です」

「若干私に似てるから言いにくいけど、リールのことは美貌というより可愛い系だと思ってるって！」

「鬱陶《うっとう》しいから世迷言《よまいごと》はやめてください。とにかく、ここを出ますよ」

「その前に、ちょっとギルドマスターに用があるんだけど」

「ダメですよ。昨日の今日で、クエストなんてやらせられるわけがない」

エリーゼの腕を掴んで強引に引っぱろうとしたリールにかけられたのは、嗄《か》れた男の声だった。

「密談したいなら、奥を使え」

「……マスター、どういうつもりですか」

「嬢ちゃんが、俺に用があると言っているんだろう」

「姉さんが聞きたいことにならなら、ボクが答えてあげますよ」

「リールじゃ知らないかもしれないから」

エリーゼは引っぱられていた腕で、逆にリールの袖《そで》を掴み、彼をカウンターまで連れていった。

カウンターにいた女性が席を離れるのを確認すると、ギルドマスターとリールにしか聞こえないよう小声で言う。

「精霊の呪い《バッドステータス》について知りたいんです」

「……むやみやたらと話すようなもんじゃねえ」

「それって、ただの俗語じゃないんですか？」

驚いたように言うリールを横目で見てから、エリーゼは続けた。

「タイターリスが言ったんです。私が、精霊に呪われてるって」

「――あいつが嬢ちゃんについていないから、何かあったんだろうとは思っていたが」

言いながらカウンターから出てきたギルドマスターは、奥へ続く扉を開いて顎《あご》をしゃくった。

「まあ、入れ。話すことが増えたみたいだし、何より、こんなところでする話でもねえ」

「要人や上級冒険者でもなければ招かないような場所に、姉さんをほいほい入れないでくれませんか？　無意味に敵を増やしてしまう」

「なんだかんだ言って、姉ちゃんが心配なんじゃねえか。お前のほうが年下だが、男なんだから、きっちり面倒を見てやれよ」

「できることなら、姉さんのことなんて放っておきたかった」

リールは吐き捨てるように言う。けれど掴まれたままの腕に嫌なものは感じなかったので、エリーゼは笑って言った。

「ツンデレってかーわいーー」

「気色悪いので、にやにやするのはやめてください」

「じゃれてないで、さっさと入れ」

「そう言えば、その声どうしたんですか？」

「酒の飲みすぎだ」

エリーゼの質問に答えたギルドマスターは、その強面《こわもて》から表情を消して言った。

「昨日、クエストで一人死んだ。その弔《とむら》い酒をな」

「……そうですか。ご愁傷様《しゅうしょうさま》です」

「俺のダチでもなんでもねえから、気にすんな。冒険者なんて職業に就いているやつは、死んだ時悼《いた》んでくれるような人間なんかいないもんだ。だからギルドマスターである俺が、形だけでも弔ってやっているだけだ」

「結局は、酒が飲みたいだけでしょう」

「リール！」

無神経なことを言ったリールを咎《とが》めるように、エリーゼは名前を呼んだ。リールはふいと顔を背《そむ》けてだんまりを決め込み、さっさと部屋の中に入っていく。エリーゼとギルドマスターも、苦笑しながら後に続いた。


エリーゼが昨日のタイターリスとのやり取りを話し終えると、向かいのソファに座っていたギルドマスターは大きな背を丸めて溜息《ためいき》を吐《つ》いた。

「そいつはタイターリスが悪いな」

「よくわからなかったんですが……タイターリス・ヘデンのことなら噂《うわさ》で聞いたことがあります。彼は温厚で飄々《ひょうひょう》としていて、姉さんごときを相手に怒るような小物という印象ではありません。

マスター、貴方が何か仕組んだのでは？」

「人聞きの悪いことを言うな。俺は純粋に嬢ちゃんを心配して、あいつをつけてやったんだ。だが……見事にあいつのトラウマを刺激したみたいだな」

「ギルドマスターがそんなことを言っていいんですか？　タイターリス・ヘデンの個人情報でしょう」

「面倒見てやれと言ったのに、嬢ちゃんをほっぽり出したあいつが悪い。まあ、冒険者の間じゃ有名な話だから、多少なりとも人の心の開き方を知ってるやつならすぐに手に入る情報だ。話しても、さして問題はない」

その情報を知らなかったらしいリールは、ぶっすりとした顔で口をつぐんだ。性格が性格なため、人付き合いはあまり得意でなさそうだ。

「あいつの恩恵《ギフト》、嬢ちゃんは知ってるな？」

「【人助け】っていうやつのことなら」

「それだ。そいつが曲者《くせもの》でな」

「悪い恩恵《ギフト》ではなさそうですが」

首を傾げるリールを見て、ギルドマスターは皮肉な笑みを浮かべた。その視線は遠くを見すえて静止した。

「文字通り、人を助けるための恩恵《ギフト》だ。精霊からの『人を助けよ』という命令に近い。生来誰かの役に立つことに喜びを感じる性格のようだから、まあ、性に合ってると言えば合ってるんだろう……恩恵《ギフト》の影響が、それだけならな。だが、恩恵《ギフト》には弊害《へいがい》もある」

「弊害……」

「嬢ちゃんに、どういうわけか街の外に出られないって弊害が出たように、タイターリスにも弊害が出た。それをタイターリスは精霊の呪い《バッドステータス》と呼んで恐れ、忌《い》み嫌っている」

ギルドマスターは指を組み直し、声のトーンを変えた。

「お前らは、精霊神教をどれだけ信仰してる？　ちなみに、俺は願掛けする程度だな。あんまり一つの精霊に信仰を捧《ささ》げてると、他の精霊に見向きされなくなっちまう。冒険者てのは、大抵がそんなもんだと思うが」

「私は、まあ、色々お世話になったことがあるので、それなりに感謝は……」

「ボクは別に何も。あそこの教会、空気悪くないですか？」

お香焚《た》いてるからじゃない？　と言おうとしたエリーゼを制して、ギルドマスターは頷《うなず》いた。

「てことはお前ら、精霊神教が亜人《あじん》と呼ぶような連中に、嫌悪感はないわけだな」

「ないですね。たまにアーハザンタスを出ると、迷宮でパーティを組むこともあります」

「私は生まれてこのかた人間以外の種族を見たことがないですけど、どちらかというと憧れてます。パーティとか羨《うらや》ましい！」

「種族によって能力に差があるだけで、性格などは人間のそれとあまり変わりませんよ」

「獣耳《けものみみ》は世界の夢でしょ!?」

「どこの世界の話です？」

興奮するエリーゼとそれに冷静に対応するリールを見て、ギルドマスターは苦笑した。

「お前らは、人間のクズみたいな野郎に犯されている獣人《じゅうじん》の少女がいたら、獣人を助けるか？」

「あたりまえでしょう。何を言っているんですか、マスター？」

「助けられる力があるかという問題を無視すれば、当然私だって女の子の味方ですよ」

「まあそうだろうな。俺もそうだ。精霊神教会《せいれいしんきょうかい》に睨《にら》まれないよう、工夫はするが」

ギルドマスターは話を続けた。

「じゃあ、人間に犯された挙句《あげく》虫けらみたいに命を奪われた獣人《じゅうじん》の少女がいたとしよう。その少女の親が彼女を殺した人間のクズに報復しようとするのをお前たちが見ていて、人間のクズが助けを求めてきたとしたら、助けるか？」

「まさか」

前世で培《つちか》われた倫理観などと照らし合わせることもなく、エリーゼは即答した。そんな倫理観よりも、前世で殺された時の思いのほうがずっと強い。たとえ話だとわかっているのに、獣人の少女に感情移入していた。

その時、絞《しぼ》り出すような声でリールが呟《つぶや》いた。

「まさか――」

「そのまさかだ」

二人の応酬に首を傾げたエリーゼを横目で見やってから、リールは口を開いた。

「人助け……つまりタイタ一リス・ヘデンは、獣人よりも人間を優先してしまうということですね」

「そうだ。これは、実話でな」

横でリールが息を詰めているのがわかる。エリーゼは体温の下がっていく指を握りしめた。

「その場に運悪く居合わせたタイターリスが、クズに命乞いされた。惨《むご》たらしい少女の死体と、怯《おび》えきって小便垂らすクズと、怒れる獣人たち。事情は一目でわかったらしい。だが悪夢は起こった」

以前話した時、タイターリスは決して精霊神教を尊《とうと》んではいなかったし、異種族を蔑視《べっし》してもいなかった。それが嘘でなければ。

タイターリスが恩恵《ギフト》によって人間を助けようとしたのならば、おそらく獣人たちは命をかけて抗《あらが》ったのだろう。それ以上は言わずに口をつぐんだギルドマスターを見て、エリーゼはそう理解した。

「……前、私がギルドカードを見て変な反応をした時、私がもしも人間じゃないなら国から逃がしてやるって、タイターリスは心配してくれました」

「その心配は、心からのものだったろうよ。お前が人間と敵対する前に、目の前から消えて欲しかったんだろう」

エリーゼが親切の裏にあった切実な思いを知り絶句していると、リールが言いにくそうに口を開いた。

「『精霊に呪われてる』というのは、ただの悪態だと思っていました。精霊がいい恩恵《ギフト》をくれなかった時とか、迷宮での死に際とかに、精霊を罵《ののし》るために使う言葉だと……」

「そうだな。俺もタイターリスに会うまでは、精霊の呪い《バッドステータス》なんて贅沢《ぜいたく》な言葉だなと思ってたさ。恩恵《ギフト》ってのは普通、もらえるだけありがたいもんだからな。捉え方によっては、つーか普通に考えれば、タイターリスは精霊に愛されすぎているだけだ。嬢ちゃんに対して怒った時の経緯を考えるに、あいつも昔、精霊と契約でも結んだのかもしれねえな」

歯を食いしばるようなタイターリスの表情を思い出して、エリーゼは震える腕に爪を立てた。場合によっては、彼と同じ苦痛を味わうことになるだろう。

「私は、契約なんてしてないのに」

「そのことなんですが」

リールが手をあげたのを見て、エリーゼは言葉を呑み込んだ。

「姉さんの場合は、母上が原因ではないでしょうか」

「……お母さま？」

「母上は精霊に愛されています。その母上が姉さんの遠出を望んでいないから、精霊が邪魔しているのでは？」

「そうかなあ」

「ステファン兄上は、そもそもあまり家から出ないのでわかりませんが、カロリーナ姉上やエイブリー兄上も、何かと理由をつけてアールジス王国を出ようとしません。どんなに実入りがよくても、姉上は国外には出稼ぎに行きません……父上と離れたくないからと言ってはいますが。兄上は、王国の騎士だからという理由を口にしていましたね。ボクも、アールジス王国から出ることは躊躇《ためら》います。血を吐きまではしませんが、嫌な気持ちになりますから」

「それって、ただのホームシックじゃないの？」

「では、姉さんはホームシックで血反吐《ちへど》を吐いたということになりますが」

「いや……なんか、他に理由とかあるかもしれないじゃん」

「姉さんが精霊に目をかけられるような理由が、他に？」

胡乱《うろん》な眼差しを向けられて、エリーゼはそれ以上言及するのを諦めた。けれど、思い当たるふしがある。

（なんたらかんたらの……霊魂）

エリーゼの恩恵《ギフト》は、前世の性格や行動を反映している。ハテナつきの加護も、おそらく前世に関わるものだろう。

（たぶん精霊は、私が前世を覚えていることを知っている）

神のように遠い存在だと思っていた精霊が急に身近に感じられて、エリーゼは鳥肌を立てた。これまではもっと無機質で機械的な印象を持っていたから、特許だのギルドカード登録だのを何の気なしに行うことができたのだ。エリーゼは、自身のギルドカードを取り出した。


【精霊クエスト】
・トランプを奉納《ほうのう》しよう！

特許登録者であるあなたへのお願い。
最新版のトランプで遊びたい。新しい遊び方を添付《てんぷ》してくれればなおよし。
そんな精霊からのクエスト。
ヒント：トランプは、特許登録者であるあなたが作らなくても、
　　これが最新版とあなたが思うのを買ってきてくれればいいんだよ！

精霊は、人間の遊びを面白いと感じるほどに、人間に似た思考を持っているらしい。自分だけが見られるように展開させたステータス画面を眺めながら、エリーゼは言った。

「どうしたら呪いに抗《あらが》えるんですか」

「精霊に目をかけられるってのは光栄なことだぞ。たとえどんなに役に立たない恩恵《ギフト》でも、三つも持ってりゃそれだけ精霊に気に入られているという証になる。五つも持ってりゃ、その恩恵《ギフト》が【臆《おく》病者《びょうもの》】だろうが【へっぴり腰】だろうが、人間としては上等だと見なされる。そんな精霊からの注目を、呪いと言うのは罰当たりなことだ」

「だけど、行動を制限されるなんてまっぴらです」

「与えられた運命に抗おうってやつは、俺は嫌いじゃない。反骨精神は冒険者の友だからな。手助けしてやりたくもなる。だが、精霊神教会《せいれいしんきょうかい》のやつには絶対に聞かれるなよ」

「……精霊って、何」

前世の自分にとって、神や精霊は実在するとは思えないぐらい希薄《きはく》な存在だった。神を信じる人

の中にも、逆境においてはその存在を疑ってしまう人がいただろう。

だがこの世界における精霊は、それとは全く別物のようだ。

じっと息を詰めたまま答えを待つエリーゼに、ギルドマスターは目を細めて言った。

「随分と哲学的なことを言う。何なんだろうな？　俺にわかるのは、精霊ってのがもし目の前にいたら、こんな俺でもひざまずいて地面に額をこすりつけたくなるぐらい、偉い存在だってことだ」

「ボクにはわかりませんね。精霊の存在を感じることなんて、普段ないですから」

「若いうちにはわからねえよ。一般人の多くは、年食ったってわからねえ。――けどお前らが冒険者を続けていくつもりなら、いつか思い知ることになるだろう」

ギルドマスターは、遠くを見るような目をして言った。

「精霊こそが、この世界の理《ことわり》だと」

「……はあ、そうですか」

「おい、せっかく答えてやったんだから、気のない返事はやめろよ」

ピンと来ていない様子のエリーゼを見て、ギルドマスターはしばらく拗《す》ねたような顔をしていたが、やおらころりと表情を変えた。にこにこと笑いながら、彼はリールの隣に座る。

そこからギルドマスターの若い頃の冒険話や思い出話が始まった。どうやら彼は、その強面《こわもて》に似合わずとても話好きであるらしい。エリーゼは初めは興味深く聞いていた。だが、やがて同じ話が五度目くらいになったところで、彼女はそっと席を立った。

「とても身になる話をありがとうございました」

「姉さん！　ボクを置いていくつもりですか!?」

肩をがっちり掴まれているリールに、笑顔で手を振る。

そのまま部屋を出て行こうとしたエリーゼの背に、半ば怒鳴《なか》るようにリールは言った。

「姉さん！　しばらく後宮で養生してください。少なくとも、三日は出てこないようにしてください！　病み上がりなんですから。……そしたら一度くらい、パーティを組んであげますよ」

「え、ホント？」

「仕方ないでしょう。理由は知りませんが、貴女が昔から迷宮に憧れていることは知っています。この前血を吐いたのは人目のあるところだからよかったですが、もしも迷宮で一人の時に同じことが起きたらどうするんです。その様子だと、全く懲《こ》りていないようですし」

「うん。全然懲りてない！」

「一人で勝手に王都迷宮に向かってはダメですよ。そんなことしたら絶縁ですから！」

「はーい！」

エリーゼが元気よく返事をすると、リールは盛大に舌打ちした。しかし、エリーゼの笑顔は少しも揺らがなかった。悔しそうなリールの顔を見やりつつ、ドアノブに手をかけたままにやにや笑みを浮かべていたエリーゼに、ギルドマスターがついでのように言った。

「精霊の呪い《バッドステータス》の解き方について知りたいなら、俺よりもタイターリスに聞きな、嬢ちゃん。あいつはその糸口を掴んでる」

「――ありがとうございます！」

ぱっと顔を輝かせたエリーゼは、頭を下げるとすぐに部屋を出ていった。

後を追おうと、さりげなく腰を浮かせたリールだったが、ギルドマスターに肩を押さえつけられ、ソファに腰を落とした。

『ギルドマスターの昔話――鬼人族《きじんぞく》とやりあった時編』の七回目を聞き終えた時、リールはギルドマスターの腕を乱暴に撥《は》ねのけて言った。

「ぺらぺらと、随分気前よくしゃべってくれましたね」

「嬢ちゃんはどことなく、味方してやりたくなるところがあるからな」

「白々しい」

吐き捨てるように言い、リールはソファから立ち上がった。背もたれの上に腕を伸ばして寛《くつろ》いでいるギルドマスターを見下ろして、リールは言った。

「貴方は世話好きだ。お節介なほど初心者に構う。ボクも初めは貴方に何度も助けられた。ですが」

リールは眦《まなじり》を吊り上げて、声を荒らげた。

「貴方は魔法の才能があるとわかった途端、ボクの情報を売りに出した」

「もう余計な世話をする必要はないと認めてやったんだよ、魔法使い。実際、お前の情報は高値で売れた。もしかして、そのことをまだ根に持ってんのか？」

面白がるように言われ、リールは眉根を寄せた。

「今では感謝していますよ。この世界では、いつでも誰かの足を引っぱろうと狙っているやつがいるんだと思い知りましたから。幸い、被害は迷宮で手に入れた資源を搾取《さくしゅ》されたぐらいで済みました。――ですが、姉さんに同じことをするのは許さない」

「反抗期と見せかけて、姉ちゃんっ子なんだな、魔法使い」

「茶化さないでください。姉さんは女性だ。しかも今は後宮に入ってる。これまで社交界や家で無視されていた時とは立場が違う。姉さんの身に何か起これば、ハイワーズ家の名に傷がつく」

「あくまで家のためで、嬢ちゃん自身のためを思って手助けするわけじゃない、ということにしておきたいのか？　それは無駄だと思うがな。さっき散々お前が嬢ちゃんを心配してやがったから、ギルドの連中はあの子がお前の弱点だと思っただろうよ」

「――ボクが背後についていて、原因不明の病も一晩で治してしまえる医者の伝手《つて》もある。遠からず、姉さんが後宮に入っていることも知られるでしょう。上手くやれば、姉さんを通じて貴族や王家と繋がりを持てるかもしれない。懐柔《かいじゅう》しようとするならともかく、傷つけようと考える人間は少ないでしょう。ですが、例外もいる」

「少なくとも、俺は嬢ちゃんを傷つけようなんてちっとも思わんがね。知ってるだろう？　俺は何の力も持たない小娘を嬲《なぶ》るような趣味は、持ち合わせちゃいない」

「姉さんが力を持ったら？」

「その時は、嬢ちゃんをいっぱしの冒険者として扱うさ。そうじゃなきゃ、嬢ちゃんに対して失礼だ。――だがまあ、実際のところ、心配することはないだろう？」

にやりと笑ったギルドマスターに問われ、リールは押し黙った。

「どんなにサポートしてやったとして、あの嬢ちゃんに冒険者稼業《かぎょう》が務まるとは、俺を含めて誰も思っちゃいねえよ。嬢ちゃんも自覚しているようじゃねえか。手助けしてるうちに、嬢ちゃんから金になるような情報を得られるとも思えねえしな」

「ですが、貴方は姉さん自身に興味を持ってる――精霊の呪い《バッドステータス》。珍しいんでしょう？　ああして行動を制限されるほど精霊に目をつけられるのは。でも、やっぱりそれは母上の影響としか思えません。呪いなんて大げさなものじゃない」

「だから、嬢ちゃんに興味を持つのはやめろってか」

「余計な手出しはやめてくださいと言っているんです。貴方が手助けしなければ、姉さんもバカじゃない……早々に諦めるでしょう」

「俺だって、嬢ちゃんにはさっさとこんな危ない舞台から退場して、後宮に引きこもって欲しいと思ってるさ。だがなあ」

腕を組んだギルドマスターは、天井を仰ぎ見ながら笑った。

「確かに、俺は嬢ちゃんに興味があるんだよ。精霊の呪い《バッドステータス》云々《うんぬん》を除いてもな」

「マスター！」

「怒るなよ、魔法使い。ヘンなちょっかい出す気はないさ。力もないし、嘘も下手そうな小娘だ――だが、俺にはあの子が何が欲しくて冒険者ギルドの扉を叩いたのかわからない」

底光りする茶色の目でリールを見すえると、ギルドマスターは彼のほうへ身を乗り出した。子供に言い聞かせるようにゆっくりと、一つずつギルドマスターは言った。

「まず、金が欲しいわけでもないらしい。登録の時に大金がかかると脅《おど》してみたが、気にしてないようだった。第一、金が欲しいのなら後宮で貴族共に貢《みつ》がせる努力をするほうが、嬢ちゃんにとっては冒険者をやるより何倍も楽だ」

抗議しようと口を開きかけたリールに構わず、ギルドマスターは続けた。

「次にありがちなのは、名声が欲しいってやつだ。だがこれも、後宮にいたほうが手に入れやすい。嬢ちゃん、魔法もできないって聞いてるぞ。武術なんて嗜《たしな》んだことすらないだろう？」

「……憧れ、ですよ」

「そうだな。それが一番近そうだ。だがしっくりとは来ない。憧れの冒険者になったところで、嬢ちゃんには実力が圧倒的に不足しているが、そのことを悲観する様子もない。ただままごとのように冒険者をやってみたがっているんだ。ガキみたいにな」

「マスターの言う通り、姉さんはそういう人ですよ」

「冒険者に夢見てるやつらは大抵、ギルドでたむろしてる連中を見て失望するもんだ。だが嬢ちゃんにはそれがない。なぜだ？」

「そういう人、なんですよ」

「どういう人だってんだ？　お前がそうやって庇《かば》うなら、俺は余計興味が湧くね――ただ単に姉だからって理由で、そこまで動いてやるほどお前はお人よしじゃねえだろうが、魔法使い。嬢ちゃんがただのバカ女だったらお前、口すら利いてやらないだろ？」

拳《こぶし》を握りしめ、顔を赤くして震えているリール。

そんな彼を見やって、ギルドマスターは追い打ちをかけるように笑いながら言った。

「お前が庇《かば》ってやってるということは、嬢ちゃんはただの木偶《でく》じゃないんだろう？　バカじゃなくて、底が知れねえということだ。それとも、ダメすぎて目が離せないのか？」

「あの人は、ただ何にも興味がないだけだ」

そう低い声で言ったあと、リールは声を荒らげた。

「姉さんが人に従うのは、そのほうが有利だからですよ。何をされても笑っているのは、それが取るに足らないことだからだ。今姉さんのそばにあるものは、姉さんにとって何一つ重要なものじゃないんだ。だから否定されても、壊されても、怒ることもなければ泣きもしない。――そうするほどの価値を、感じていないから」

「魔法使い――おい、ガキんちょ」

「どうせ姉さんにとって、ボクはただのガキですよ。そこらにいる名前も知らない他人よりは多少マシ、程度のね」

「おいおい」

ギルドマスターは困ったような顔をした。

「俺は冒険者の魔法使いと話してたんだぞ。今にも泣きそうなツラしてるガキはお呼びじゃねえ」

「本当に貴方は、女子供の涙に弱いですね」

「うるせえな。泣き真似には引っかからねえよ。おい本気で泣くな。なんでいきなり自虐《じぎゃく》が始まるんだ？　稀代《きだい》の魔法使いがクソ生意気なのは構わねえが、べそべそすんのはやめてくれ。お前に頭の上がらねえやつらの立場ってものを考えろ。冒険者にも、プライドってもんがあるんだぞ」

「好きで泣いてるわけじゃない」

リールの返事に、ギルドマスターは天を仰いで嘆息《たんそく》した。そして話し方を一変させ、やんわりと言葉を投げかける。

「嬢ちゃんは、お前とパーティを組めることをあんなに喜んでたじゃねえか」

「後宮に入れられなければ、姉さんは十五歳で冒険者になったあと、この街を――場合によってはこの国を出ていくつもりでした。ボクには何も告げずに」

「……お前がそれを知ってんのは、つまり？」

「姉さんの後宮入りは、ボクが兄上に提案したんですよ」

涙を流しながらも、リールは無表情で言った。

「姉さんはバレないとでも思っていたんですかね？　少ないお金をやりくりしながら着々と揃えられていく旅の準備に、ボクが気づかないとでも？　これはボクが信頼されていたということなんでしょうか？　もしそうなら、ボクは姉さんを裏切ったことになる……まあ、バレても笑顔で許してくれるでしょうけれど」

「どうでもいいことだから、ってか？」

「そうです。姉さんにとってはきっと、物事の全てがどうでもいいんだ。姉さんはいつも、信じられないほど遠くを見てる。煩《わずら》わしい今のことなんか、どうでもいいっていう風にね。そしてどうでもよくないと思えることを、姉さんは探しているんですよ」

「底が見えないように思えるのは、嬢ちゃんの目的がそもそも定まってないから、つうことか」

「ええ」

「で、それは出奔《しゅっぽん》を邪魔したお前のせいだから、手出しはすんなってことか」

「そういうことです」

「……ガキが自分の傷口を抉《えぐ》りながら哀願してきたことを、断るのは俺の趣味じゃないんだが」

赤く充血した目で睨《にら》みつけられて、ギルドマスターは手を振りながらへらへらと笑った。

「だがなあ、嬢ちゃんにはどことなく味方したくなるところがある、ってーのは、嘘じゃねえんだよ。見る目のあるやつは、お前の言う、嬢ちゃんの遠くを見てる目ってのに気づくんだろう。その先にあるものを知りたいと思うやつは、嬢ちゃんがそこへ行けるように手を貸してやりたくなる。人間観察は、俺の職業病みたいなもんだからな……」

「手出しは、やめてください」

「涙声で言うんじゃねえよ。あれこれ言っといて、結局お前だって嬢ちゃんを助けたいと思う人間の一人なんじゃねえか。だったら俺の気持ちがわかるだろ？」

「ボクは姉さんを虫けらのように無視できる立場のはずなのに、それは逆なんだと思い知らされる……あの目を見るたびに湧きあがってくる感情は、貴方には理解できないでしょう」

「好きなんだろう？」

「違う」

リールは唇を噛み、血で赤く染めながら言った。

「憎くて憎くて、たまらないんですよ」

「……愛と憎しみは、表裏一体だ」

「そして愛の反対は無関心、ですね。まるでボクと姉さんのためにあるような言葉だ」

「嬢ちゃんはお前のこと、好きだろうよ。人間観察のプロが言うんだから間違いねえ」

「多少の好感は持たれているようですね。だけど、姉さんにとってボクは――」

リールは言葉を切って、ギルドマスターを見すえた。

「姉さんはボクの獲物だ。生かすも殺すも、ボクが決めます」

「家庭の事情に首を突っ込む趣味はねえよ。だが俺はこれまで通り、嬢ちゃんに力を貸してやるつもりだぞ。パーティを組むのならタイターリスを誘え。俺が話をつけておいてやる。どうせ、嬢ちゃんがいちゃあ他の人間なんか呼び込めないだろう。ほとんど護衛に徹することになるだろうからな」

「それ以上のことは」

「ああ、やらない。だが俺の行動を縛る代わりに、教えてくれ」

ギルドマスターは目を細めた。その目が妖しく光り、口もとには恍惚《こうこつ》とした笑みが浮かぶ。

それを見て、リールは思わず後ずさった。足を開き、腰を落として臨戦態勢をとる。

そんなリールを気にもせず、くつくつと笑いながらギルドマスターは言った。

「もしもこの先、お前が姉ちゃんを殺すことになったら、その理由はなんだったのか、その時どんな気分だったのか、酒を交えて詳細に語れ。約束だ」

「屑野郎《くず》……ッ」

「褒《ほ》め言葉だな」

ギルドマスターは平然と笑う。

「お前は、常識のある一般人と話しているつもりだったのか？　それとも聖人君子だとでも思ったか。対価を払えばもみ手で応じる商人でも、心身を磨《みが》くことを信条としている戦士でもない。お前の前にいるのは、冒険者だぜ」

「お暇《いとま》します。失礼しました」

背を向けたリールに向かって、ギルドマスターは哄笑《こうしょう》した。

「一時の快楽のためになら、俺たちは命だって捨てられる。約束を破ったらどうなるか、お前はもう知ってるだろう、魔法使い」

「さあ、知りませんね」

リールはドアノブに手をかけながら、振り返らずに言う。

「ボクは約束を破ったことがありませんから」

彼は叩きつけるように扉を閉め、足どり荒くギルドを後にした。


大通りに出ると、リールは街の北を見やる。遠い王宮の先端が、建物の陰から突き出していた。その下には、後宮がある。

「ちゃんと大人しく籠《こ》もっていなかったら、拳骨《げんこつ》で殴ってやる……」

そう呟《つぶや》き、リールは歩き出した。外套《がいとう》の内側から一冊の本を取り出すと、その背表紙をひと撫《な》でして呪文を唱える。

「彼の者の在《あ》り処《か》を指し示せ」

古代語に意味を乗せて、魔力を注ぎ込む。

先ほどギルドを去ったばかりの姉の痕跡《こんせき》をたどり、風がリールの背を押す。うながされるままに進んでいくと、屋台や出店に立ち寄りながらも王宮に戻ったらしいことが確認できて、リールは溜《ため》息《いき》を吐《つ》いた。

「迎えに行くまで出るなと手紙を書いて……タイターリス・ヘデンに話を通して、他に同行してくれる冒険者を探して、革なんてアホみたいな軽装備を替えさせて、姉さんでもできそうなクエストを探して、最低限の護身術を叩きこんで――」

まずは手紙を書くために家路をたどりながら、リールは舌打ちした。

「これだから、姉さんの面倒なんて見るのは嫌だったんだ」

綻《ほころ》びのある古い本を、胸に抱きしめながらリールは悪態をついた。

四日後の朝、冒険者ギルドの水晶玉に触れた体勢のまま、エリーゼはしばらく硬直していた。やがてうなだれながら、後ろで待っていたリールに向かって頭を下げる。

「ごめん、お金下ろせない」

「お金がない、の間違いでしょう」

溜息を吐くリールに、エリーゼは何も言えなかった。精霊バンクに確認はしていないものの、途方もない大金が貯蓄されているはずだ。しかし、彼女にはそれを下ろすことができなかった。

大聖堂に近づくとそうなるように、街から出ようとするとそうなるように——お金を下ろそうとすると胃が痛む。大金が引き起こすであろう厄介事が怖いのだろうかとエリーゼは考えたが、それ以上に精霊の存在が気になった。

(精霊が私にお金を下ろさせないようにしてる？　……なんでよ)

街から出られないことだけなら、母の精霊が関係しているとも考えられる。けれど、大聖堂に近づけないことと今回のことは理由に全く見当がつかない。

「あー、えっとその、いつか絶対、お金返すから！」

「いつか、ですか。全く期待せずに待ってます」

「嬢ちゃん、金持ってるんじゃなかったのか」

ギルドマスターに呆れた顔で言われて、エリーゼは曖昧《あいまい》に笑うしかなかった。

「リール、この鎧《よろい》、用意してくれてありがとう。金属なのに、こんなに軽いなんてすごいねえ」

「ミスリルが配合してある高級品ですから」

「……それってめちゃくちゃ高いんじゃ」

「お金、頑張って返してくださいね」

待ってますから、とにっこり笑顔でリールは言う。エリーゼは少し痛くなった胃を押さえた。この痛みは精霊とはおそらく関係がない。弟に笑えない額の借金をしてしまった自分が、これから先もお金を下ろすことができなかったら……そう考えて不安になっただけだ。

「それより、パーティメンバー！　タイタ一リスは知ってるからいいけど、他の人紹介してくれる？」

「歩きながらでいいですか？」

エリーゼが頷《うなず》くと、彼らはリールを先頭にして歩き始めた。

押し黙ったままエリーゼと視線を合わせないようにしているタイターリスの後ろには、三人の見知らぬ男女がついてきている。彼らは鎧《よろい》を身にまとっていて、ひと目で冒険者だとわかる。その中で唯一の女性も、肉感的でありながら筋肉質な身体のラインが、鋼鉄製だろう鎧の上からでも見てとれた。

「そちらの女性は、ジュナ。冒険者ランクはDで、得物は剣。近接戦闘を得意としています。タイターリスと並んで前衛をお願いしたいと思います」

「目玉の恩恵《ギフト》は【女豹《めひょう》】だよ、お嬢ちゃん。戦闘だけでなく、ベッドの上でも使えるんだ」

「後ろの男二人は、ジュナの付き人と覚えておけばいいでしょう。冒険者ランクはE。攻撃魔法と治癒《ちゆ》魔法を使ってサポートする中衛を任せます」

「あたしの言葉を無視するなんて、魔法使いってば可愛い顔して度胸があるねえ」

「ボクと姉さんの配置ですが」

ジュナがハートを飛ばすようなあだっぽい眼差しを向けたが、リールはそれも丸きり無視し、無表情で話を続けた。

「後衛ということになりますが、姉さんが戦力になるとは全く期待していません。ですので、撤退戦になる時には前衛に出てもらいます。それ以外の時は、決してボクのそばを離れないこと。いいですか？」

「はい！　先輩！」

「ふざけてないで気を引き締めてください。転んだ時の受け身のとり方と、素早い起き上がり方は習得しましたか？」

「……うん、たぶん」

「一朝一夕《いっちょういっせき》で身につくものではありませんから」

溜息《ためいき》を吐《つ》いてそう言うと、リールは念を押した。

「いいですか、何か起きたら他の人のことなど考えず、貴女はただ逃げてください」

「あんたたち、ちょっといいかい？」

ジュナが割り込んできて、エリーゼは口にしようとしていた曖昧《あいまい》な返事を呑みこんだ。

「元からわかってたよ？　募集内容がこのお嬢ちゃんの護衛枠だってことはね。それでもあたしはタイターリスとリール、あんたたちに興味があったから誘いに乗ったんだ」

「ボクの名前を馴れ馴れしく呼ばないでください」

「あらぁ、魔法使いったら可愛いねえ。お嬢ちゃんの前だと威嚇《いかく》もそれだけかい？」

睨《にら》みつけるリールに「そんな恐い顔しちゃ嫌だよ」と囁《ささや》くと、ジュナはエリーゼを見やった。

「何かしら、できることはないのかい？　恩恵《ギフト》を持ってるとか。どんなクソみたいのでもいいから、恩恵《ギフト》持ちがいるってだけでパーティは安泰《あんたい》なんだよ。精霊が見守ってくれる可能性がうんと上がる」

「あー、なんでもいいのなら」

「姉さん、あれを見せる気ならやめてください」

厳しい顔でリールが言う。確かに、とエリーゼも頷《うなず》いた。リールに見せた【美貌に弱い】という恩恵《ギフト》は、ほとんどエリーゼの弱点だ。美貌は欲しいと思って手に入るものではないものの、美貌の人を相手にすれば、その時点でエリーゼの負けが確定してしまう。

「じゃあ他のなら」

「まだあるんですか？」

驚いたように言うリールに、エリーゼは頷いた。

「一応、あと四つ」

「四つぅ!?」

ジュナの背後で、さして興味もなさそうに佇《たたず》んでいた男二人が声をあげる。

エリーゼはへらりと笑って頭を掻《か》いた。

「姉さん、まずボクに見せてください」

「全部隠したかったけど、これまで隠したら、私をパーティに誘ってくれる冒険者はいなそうだよねー」

先ほどジュナが口にした「護衛枠」という言葉に多少傷つきながら、エリーゼは腰にぶら下げている使えない短剣を見下ろして嘆息《たんそく》した。

背嚢《はいのう》からギルドカードを引っぱり出し、ステータス画面を展開させる。【美貌に弱い】というのだけは隠して、恩恵《ギフト》だけを見えるようにした。


――恩恵《ギフト》【気配察知】C　【逃げ足】D　【警告】B　【胃弱】。


恩恵《ギフト》欄には、他に見られて困るようなものはない。この世界の冒険者が持つのに不自然ではないものばかりだ……【胃弱】以外は。

「はいこれ」

リールが息を呑んで目を瞠《みは》る。エリーゼはその反応に苦笑した。まだ冒険を始めてもいない十五歳の女の子が、ランクC以上の恩恵《ギフト》を持っているのはかなり珍しい。

「これは、いつから？」

「さあ？　ギルドカードを作ってもらった時にはもうあったけど」

生まれつきだろう、とエリーゼは心の中で答えた。窮地《きゅうち》を乗り越えた時に精霊が付与してくれることの多い恩恵《ギフト》だが、エリーゼは前世で、窮地を乗り越えられずにこれらの恩恵《ギフト》を手に入れた。ひどい皮肉だと思いながら、エリーゼは気を取り直してリールを見やった。

「これ、使えるよね？」

「使えるも何も……一番初めのやつだけ残して、他は全部隠してください」

「わかったー」

「姉さんが、ただの役立たずではないことがわかりました」

エリーゼがギルドカードをジュナたちに見せると、リールは厳しい顔で言った。

「このことは、他言無用でお願いします」

「これは凄い掘り出し物だね」

「【気配察知】……これがあれば探索がかなり楽になります。ランクがCですから、今日行くような場所であれば、魔物の不意打ちは間違いなく防げます」

「お嬢ちゃん、あんた、どんな目に遭《あ》ってこんなもの手に入れたんだい？」

「どんな目？」

エリーゼが首を傾げると、ジュナは舌舐めずりをする肉食獣のような顔をして言った。

「迷宮に潜ったまま十年過ごした冒険者が、やっと手に入れるような恩恵《ギフト》じゃないか。しかも他に三つも隠してるっていう。弟くんみたいに、お嬢ちゃんも実は小さい頃から迷宮探索でもしてたのかい？」

「姉さんは街を出たことすらありませんよ。それに魔物を見たこともない。そうでしょう？」

「そうなの！　だから、今日、初魔物……みたいな!!」

興奮するエリーゼを見て、ジュナは怪訝《けげん》そうに眉根を寄せた。

「お嬢ちゃん、わかってんのかい？　おとぎ話の中じゃ魔物は倒されるために存在する勇者の引き立て役でしかないけれど――実際の魔物は、人間を殺すために存在する獰猛《どうもう》な生き物なんだよ」

「わかってますよ！」

エリーゼは手を合わせて、弾んだ声で答えた。興奮のあまり頬《ほお》を赤らめている。

「食欲に関係なく人間を殺そうとする生き物だからこそ、不思議でときめくんじゃないですか！」

「……無害そうな顔して、お嬢ちゃんも結局はハイワーズの人間だってわけかい」

ジュナが遠い目をして頭を抱えた。

「どいつもこいつも、イカれてる」

「うちの評判って、そんなに悪いんですか？」

「長女の魅了騒動、長男の出世街道驀進《ばくしん》、次男の聖女との怪しい関係、三男の魔法無双――どれもこれも派手なもんだよ」

「ステファンお兄様が何⁉　聖女と？　え、聖女って恋愛しちゃだめとかそんな感じのアレ……！」

「行きますよ、姉さん」

リールはエリーゼの腕を引いて、強制的に話を終わらせた。

「今日は王都迷宮に向かいます。クエストを受注する前に、まずは姉さんに魔物に慣れてもらいます……その様子だと、弾け飛ぶ魔物の内臓を見て、早々に戦線離脱をすることはなさそうですね」

「たぶん、グロいのは大丈夫」

自分の臓物だって見たことがあるのだ。エリーゼは思い出しながら、昔刺された脇腹をさすった。

「殺そうとしてくる生き物がどんなに惨《むご》たらしい死に方したって、酷《ひど》いなんて思わないよ。当然の報いでしょ？」

腕を掴んでいたリールの腕を、エリーゼは逆に掴み返した。

（あの犯人だって、当然の報いを、受けているはずでしょう？）

受けていなくては困る。前世でエリーゼに覆いかぶさってきた影を思い出す。自分は死んでしまったというのに、あいつが平穏無事に暮らしているなんてことがあってはならないはずだ。

「……そんなこと、許せない」

「姉さん」

不意に声をかけられて、エリーゼは上手く思考を切り換えられなかった。暗い目つきで、リールを見つめ返す。リールは一度大きく目を見開いたあと、呟《つぶや》くように言った。

「許してあげます」

「え？」

「ギルド登録の時に、姉さんが驚いていた恩恵《ギフト》のことです。ボクはもう気にしていません」

「ホント？」

パッと顔を輝かせたエリーゼに、リールは微笑んだ。

「ボクが守ってあげます。だから、ボクから離れないでください」

「うん。……ありがとう！」

弟が可愛い！　と内心叫びながら勢いよく抱きついたエリーゼを、リールは抱き締め返した。そのように受け入れられることは初めてで、エリーゼは目を見開いて固まってしまう。そんな彼女の背をぽんぽんと数回叩くと、リールはさらりと離れていった。

呆けているエリーゼを見て、リールは彼女の手を引いた。

「行きますよ」

「……あ、ええと」

「姉弟仲が良くて麗《うるわ》しいことだね。だけど、これ以上の足止めはごめんだよ」

うんざりしたようなジュナの言葉に、エリーゼは戸惑いを捨ててリールの手を笑顔で握り返した。


「ごめん」

唐突に謝られて、エリーゼは目を白黒させた。畳みかけるようにタイターリスは言う。

「俺、ホントに何か勘違いしてたみたいだから」

「ああ……精霊の契約がなんたら、ってゆーの？」

「そう。彼にエリーゼちゃんのことは聞いてたけど、信じられなかったから」

「信じられなかったたって、何が？」

エリーゼが首を傾げた時、爆音が響いた。そちらに視線を向けると、リールが外套《がいとう》についた砂埃を払いながら近づいてきた。

「ここは迷宮ですよ。世間話なら後にしてください」

「いやあ、ランクDが二人もいるんだし、この一階層に敵なんていないないぜ？」

「姉さんは、一撃でも食らえば死んでしまいます」

「いやいや、そこまでは」

エリーゼはリールが吹きとばした死骸を見て首を横に振った。迷宮の壁は鈍く青色に光っていて、うっすらと明るい。洞窟《どうくつ》のように壁と地面の境目が曖昧《あいまい》だったが、地面どこまでも平坦だった。その上に横たわる、凶相の猫の頭から下が吹っ飛んでいるのを見てエリーゼは笑った。

「さすがに私、この子の爪では死なないと思うよ」

「姉さんは女性なんですよ。顔に残るような傷がついたら、もう一つの仕事が立ち行かなくなります」

「それなんだけど」

エリーゼが後宮を思い浮かべて言葉を濁《にご》すと、タイターリスが言葉を挟んだ。

「なんつーか、ああいうとこの女の子が理由もなく冒険者になりたいとか迷宮に入りたいとか、そういうこと言うのって想像できなかったんだよ」

「見ての通りですよ、タイターリス・ヘデン」

「ああ。魔物の死骸見て笑ってる女の子で、こんなに普通な子は初めて見たよ。大抵はどっか歪《ゆが》んでんのが、一目でわかるもんなんだけどな」

「……あんたたちが何を話そうと勝手だが、そう言いながらあたしのほうを見んのは止めてくれないかい？　タイターリス。お望みなら【女豹《めひょう》】の恩恵《ギフト》で骨抜きにしてやるけど」

「ごめんなさい！」

即座に、腰を直角に折ってジュナに謝るタイターリス。

エリーゼが死骸を見て笑っていたのは、魔物の血も赤いと知ったからだ。そのファンタジーな生き物が現実に存在することが実感できて、嬉しかった。

だが、そう弁解するタイミングをエリーゼは逃したようだ。タイターリスとジュナのコミカルなやり取りに笑っていたら、別のパーティに追い抜かされた。リールよりもいくつか年下の子供の集まりのようだった。

「子供もお小遣い稼ぎのために潜ってるって、本当なんだね……」

「毎年、何人も死んでますよ」

リールは無表情で言った。

「それでも愚かな子供は減りませんね。姉さんが子供の時に思いつかなくてよかったですよ」

「さすがに、何の準備もなしで入る勇気はなかったなあ。そもそもリールと違って魔物に対抗する手段がなかったし。そこまでお金に困ってもいなかったし」

「あんた貴族だろう？　金に困ることなんてそもそもないだろうに」

鼻で笑ったジュナの言葉に、エリーゼとリールは顔を見合わせた。

「子守の仕事を任されるようになるまでは、物乞《ものご》いをしていたんでしたか」

「主に教会でね。カビの生えてないパンをもらえるから」

「……あたしの幼少時代よりも貧しい生活を送ってたように聞こえるのは、気のせいかい？」

気のせいじゃないと思いますよ、とジュナに答えようとして、エリーゼは口をつぐんだ。彼女の異変を悟《さと》り、パーティ全員がぴりりと緊張した空気をまとった。エリーゼは、すごい、と内心呟《つぶや》きながら口を開いた。

「この先、えーと、二十アンドくらい先を右に曲がった所に、敵意を持つ生き物がいます」

「待ち伏せする知能を持ってるとなると、グレイドッグかバグキャットかね」

「ジュナ、先行してください。姉さん、背後は？」

「大丈夫。生き物の気配はするけど、道が違う……と思う」

敵対者の襲来に身構えるように、一応の装備である短剣を抜いたエリーゼを見て、リールは眉根を寄せた。そして前に向き直って言う。

「ジュナが攻撃。援護が必要なら、貴方たちでなんとかしてください」

ジュナと付き人のような男たちが頷《うなず》くと、リールは外套《がいとう》の中に手を差し入れた。懐《ふところ》にある何かを掴むような仕草をした時、はらりと外套がめくれる。

その中にあるものが見えて、エリーゼは「あ」と小さく声をあげた。

「それって――」

「来るよ！」

注意を促《うなが》すジュナの声に反応し、エリーゼは前を向いた。女性の腕には重そうに見える長剣を、ジュナは軽々と振りまわした。飛び出してきた影はその剣を避けたが、ジュナの背後には二人の男たち、さらにエリーゼの斜め前にはリール、後ろにはタイターリスがいる。

エリーゼが短剣の握り方を確認しようと視線を下に落とした時、迷宮が揺れた。立っていられなくなり、彼女は尻もちをつく。

「なん……!?」

「姉さん！」

リールの叫ぶ声が聞こえたが、姿は見えない。腐った血肉のような臭いがしたと思った瞬間、エリーゼの視界を牙を剥《む》いた魔犬――グレイドッグが覆った。それは、咄嗟《とっさ》に顔を庇《かば》ったエリーゼの左腕に噛みつく。

「エリーゼちゃん！」

大きな声でエリーゼの名前を呼ぶタイターリスが他にも何かを言っていたが、エリーゼには聞こえない。彼女は左腕ごとグレイドッグを地面に叩きつけた。

「そうだ、腕を引かないで、エリーゼちゃん！　じっとしてれば俺たちがすぐに――」

「私が殺す」

殺される前に、と呟《つぶや》くと、エリーゼは右手の短剣でグレイドッグの首を掻《か》き切った。


タイターリスが呪文を唱えると、エリーゼの腕に開いていた穴はみるみるうちに塞《ふさ》がった。血を拭きとると、傷跡は白い皮膚に生まれ変わっていて、他の皮膚とは少し色が違っているものの、目立つほどではない。

「治癒《ちゆ》術ってすごいなあ」

「……どうせ、ボクは治癒《ちゆ》術なんて使えませんせん」

「リールはリールで凄いじゃん」

「凄いことなんてありません。これだけ準備をしたのに、一階層で姉さんを怪我させたあげく、治してあげることもできないなんて」

落ち込むリールを見て口もとを緩《ゆる》めつつ、エリーゼは彼の頭を撫《な》でた。そしてタイターリスに顔を向ける。

「ありがとう」

「いや、俺も悪かった。魔法使いのほうに向かったように見えたんだよ」

「迷宮が揺れたせいで、進路が変わったようです。姉さんが自分で魔物を始末できて、本当に良かった」

「そう言えば、さっきの揺れって何？　地震？」

「ここを出るよ」

その声に、みんなが一斉にジュナを見やる。ジュナは険しい顔をして、まだ遠くに振動音が響く迷宮の奥を見つめていた。壁がぱらぱらと零《こぼ》れ落ち、落ちたそばからその欠片《かけら》は青い光を失っていく。

「この迷宮のどこかで、何かしらの異常が起きたんだ。こういうことはたまにある。だいたいが悪い兆候だ」

「情報が必要ですね」

「一度、冒険者ギルドに戻るか」

リールとタイターリスは素早く決断すると、くるりと踵《きびす》を返した。リールは突っ立ったままのエリーゼの手を取り、引っぱる。足をもつれさせながらも、エリーゼは早足で進む一行についていった。

「きゅ、急に決まったね？」

「こういう緊急時には、即座に判断することが求められます。大抵の場合、ランク上位者の意見が、そのパーティの行動方針になります」

「そっか。ここ、危ないの？」

「稀《まれ》に迷宮が作り変わることがあり、その時は地震のような揺れが起きます。もし今のがそうだとしたら、先ほどまであった道がなくなっている可能性があるんです」

エリーゼは唖然《あぜん》とする。思っていた以上の緊急事態だ。何かを言おうと口を開いたものの、全員がただまっすぐに前を見つめて歩いているのを見て、口をつぐんだ。彼女は神経を尖《とが》らせて気配を探る。道の先の闇に目を凝《こ》らすと、全員に聞こえるように言った。

「誰もいない。人も、魔物も、この先ずっと」

エリーゼの言葉に、パーティメンバーは微《かす》かに頷《うなず》いた。

迷宮を抜けて日の当たる空の下に出ても、一行の顔色は晴れなかった。大通りに出ると冒険者ギルドに向かう冒険者たちが、エリーゼたちの他にもいた。通りに面した飯屋で昼間から呑気に酒を楽しんでいる冒険者は、ほぼいなかった。

第四章　緊急クエスト

冒険者ギルドは人であふれ返っていた。椅子を確保することができなかった冒険者は床に座ったり、ギルドの外でたむろしている。通行人はそれを避けるように横道に逸《そ》れていった。いつもなら道を占拠する集団を散らそうとする警邏《けいら》の兵士たちも、今は彼らを取り締まろうとしない。

「緊急クエスト？」

「ああ、出されるっぽいな。詳しい話は、ジュナと魔法使いが聞いてきてくれるだろう」

ギルドの隅で、タイターリスは壁に寄りかかっていた。エリーゼはその横で、壁を背にして座っている。リールたちはカウンターに集まる人垣の中に埋没《まいぼつ》していた。周辺では、人びとが口々に情報交換をしている。その内容に聞き耳を立てながら、エリーゼは訊《たず》ねた。

「なんでリールを魔法使いって呼ぶの？」

「魔法使いが名前で呼ばれるのを嫌がるからだよ。迷宮に入るようになった当初は、あいつちっちゃいし顔も可愛いから、よくからかわれてな——って、エリーゼちゃん、もう俺にタメ口？」

「なんかもう、全然敬意とか感じないから」

「うん。俺の自業自得だよなー」

そう言ってへらりと笑うと、タイターリスは表情を真剣なものに変える。

「腕、大丈夫か？」

「うん？」

「怖かっただろうし、痛かっただろ？　それなのに泣きもしなかったから、心配してたんだよ」

「あれは確かに、痛かったけど」

エリーゼは自分の左腕を見下ろして言った。

「泣いて喚《わめ》いたところで治るわけでも、助かるわけでもないし……私を殺そうとした犬を逆に殺せて、むしろ嬉しい……あれ、この考え方って歪《ゆが》んでる？」

「歪んでる歪んでる。どうしちゃったのエリーゼちゃん。ま、冒険者の適性としては十二分って感じだけどさ」

「どれもこれも、おかしいのは全部精霊のせいだと思う！」

急に大声を出したエリーゼに、周囲の冒険者たちの注目が集まった。彼女はハッとして首をすくめる。タイターリスは苦笑してエリーゼの肩を叩いた。

「冒険者なんて危険な商売だからさ。精霊の加護を逃すようなこと言う子、珍しいんだよ」

再び話し出した冒険者たちを横目で見やってから、エリーゼは首を横に振った。

「余計な恩恵《ギフト》なんていらないよ。タイターリスだって、そうでしょ」

「……そうだな。せっかくくれた精霊には、申し訳ないけど」

曖昧《あいまい》に言うタイターリスに、エリーゼは首を傾げた。

「いらないものを押しつけられて、怒るところじゃないの？」

「怒るって、精霊相手にありえないだろ」

「何言ってるの？　嫌いだって言ってたじゃない。恩恵《ギフト》のせいで酷《ひど》い目に遭《あ》ったんでしょう？」

「――思うんだよ。あれが本当に恩恵《ギフト》のせいだったのか、ってな」

「どういうこと？」

声のトーンを下げてエリーゼが聞くと、タイターリスは俯《うつむ》いた。その口もとには歪んだ笑みが浮かんでいる。

「あれは俺が望んだ結末だったんじゃないかって……精霊はそんな俺の心を読んで、望みを叶えてくれたんじゃないかって。そもそも精霊の呪い《バッドステータス》なんて呼び方も、人間の傲慢《ごうまん》なのかもしれない――だとしたら、俺が一番許せないのは俺自身なんだよ。自分と同じ種族である人間を助けるためなら、他の種族なんかどうなっても構わない――自覚がなかっただけで、心の底ではそう思ってたのかもしれない」

「何それ。違うよ」

「どうして違うってわかる？　恩恵《ギフト》を持ってなかった頃のことなんて、もうわからないんだ。その頃に異種族と会っていたとしたら、恩恵《ギフト》がなくたって俺は――」

「そんなことない！」

再び声を荒らげたエリーゼだが、今度は衆目を集めることはなかった。がやがやとした雰囲気の中で、彼女は震える拳《こぶし》を握りしめた。

エリーゼは、自分が恩恵《ギフト》を持っていなかった頃の記憶を持っている。前世のあの世界には、精霊なんてものは存在しなかった。この世界にはそんなものがいるせいで、自分の生きたいように生きられず、苦しむ人がいる――タイターリスや、エリーゼのように。

「精霊は人の意志を、行動を、歪《ゆが》めるよ」

「エリーゼちゃんの血反吐《ちへど》なんかは、まあそうかもな」

「諦めたように言わないでよ！」

エリーゼは、タイターリスの腕を引っぱって立たせた。腕を掴んだまま人ごみを掻《か》き分けて歩く。そしてカウンターの中にいる男に向かって叫んだ。

「ギルドマスター！　奥の部屋を貸してください！」

「ちょ、おい、エリーゼちゃんっ」

「……ああ、いいぞ。ただし四半刻《しはんとき》はやらねえ」

「ありがとうございます！」

怒鳴るように礼を述べて、エリーゼはタイターリスを応接室に押し込んだ。そして自身も部屋へ入ると扉を閉める。ぽかんとしていたタイターリスが頭を掻きむしって呻《うめ》いた。

「おいおいおい！　平時ならともかく、こんな時にゲストルームをエリーゼちゃんに貸してやんなっつーの！　重要人物だと思われちまうだろ」

「今はそんなこと、どうだっていい」

「よくないぞ！　俺まで素性を疑われちまうんだっつの。色々やりにくくなったら、どうしてくれんだよっ」

「――私は精霊なんか大っ嫌い！」

憤慨《ふんがい》するタイターリスに、叩きつけるようにエリーゼは声を荒らげた。タイターリスは目を見開いて固まる。エリーゼは、まじまじと見下ろしてくる彼を見上げた。

(私しか知らないんだ……精霊がいない世界のこと)

それを知らなかったら、エリーゼもタイターリスと同じように考えていたかもしれない。そして自分をただの怖がりだと思ったり、胃腸の弱い自分を恥じるだけだっただろう。

彼女は、鳥肌が立つのを感じた。足が震えたが、拳《こぶし》を握りしめ、黒い木の床の上で踏ん張った。

「精霊の呪い《バッドステータス》を解く方法を知ってるんでしょ？　教えて」

「……エリーゼちゃんには、向かないと思うぜ」

「なんで！」

「エリーゼちゃんが大嫌いな、精霊の力を借りなきゃいけないからさ」

エリーゼはタイターリスを睨《にら》みつけた。

「だったら、利用すればいい」

「そんなこと言われて、精霊が協力してくれるわけねーだろ」

「だいたい精霊が悪いんでしょ。人の運命を弄《もてあそ》ぶようなことをするから……！　私、他人の身勝手で運命を変えられるのって、大嫌い」

身体の奥から、ぞわりと震えが起こってくる。右の脇腹から、冷たいものが全身にじんわりと広がっていくような気がした。

（どんな理由があったのか、もう私にはわからない……）

覆いかぶさる影は大きかった。一突きで彼女を死に追いやったことから考えても、あれは男だったに違いない。

（何が動機か知らないけど）

震える舌を噛んで、エリーゼは心を落ち着かせた。両手の指を組み、深呼吸して目を閉じる。

そして目を開けた時、エリーゼは過去の影に焦点を合わせていた。

「私は絶対に許さない」

「……エリーゼちゃんの気持ちは、わかった」

タイターリスは深い溜息《ためいき》を吐《つ》き、こめかみにある傷を、なぞるように撫《な》でた。

「俺の恩恵《ギフト》を封じ込める手立てになるだろうものは、精霊にもらった。まだ扱いきれてないし、それについてエリーゼちゃんに教えるつもりはない」

「どうやってもらったの？」

「精霊クエスト、ってやつだ。知ってるか？」

エリーゼは目を瞠《みは》った。こくこくと頷《うなず》く彼女を見て、タイターリスは「まさか」と呟《つぶや》いた。

「エリーゼちゃん、精霊クエスト出されたことあるのか？　もしかして進行中？」

「うん」

「どんなクエスト？」

「それは……言えないけど」

トランプのことをタイターリスに言うつもりはない。エリーゼの答えに、彼は頷いた。

「だよな。人に言えるようなもんじゃない。……俺の場合もな」

それってどんな、と喉《のど》まで出かかった言葉を呑み込んで、エリーゼはギルドカードを懐《ふところ》から取り出した。焦って落としそうになりながらも、自分だけに見えるようステータス画面を展開する。

「どうしよ……さっきさんざん悪態ついたから、もしかして聞かれたんじゃ」

「あり得るなー。精霊クエスト出されてるってことは、その精霊がかなりエリーゼちゃんに興味持ってるってことだから。きっと近くにいるはずだ」

「何それストーカー？　気持ち悪い」

そう吐き捨てるように言いつつも、精霊の機嫌を損ねてクエストを取り下げられたのでは、と心配になり、エリーゼは自身のステータスを確認した。

名前……エリーゼ・アラルド・ハイワーズ
性別……女
年齢……15歳
職業……エディリンス　冒険者
種族……人間
恩恵《ギフト》……【気配察知】C　【逃げ足】D　【警告】B　【美貌に弱い】【胃弱】
加護……？？？？の霊魂

▼　精霊クエスト

「よかった！　まだあったよ」

「聞かれてなかったのか」

だがほっとしたエリーゼが精霊クエストの欄をよくよく見ると、コメントが追加されていた。


【精霊クエスト】
・トランプを奉納《ほうのう》しよう！
　特許登録者であるあなたへのお願い。
最新版のトランプで遊びたい。新しい遊び方を添付《てんぷ》してくれればなおよし。
そんな精霊からのクエスト。
ヒント１：トランプは、特許登録者であるあなたが作らなくても、
　　　これが最新版とあなたが思うのを買ってきてくれればいいんだよ！
ヒント２：大聖堂の精霊の御代《みしろ》に押し当ててくれれば届くよ！
(注) ちなみに、嫌いとか気持ち悪いとか言われると、精霊も悲しいんだよ？

「くそっ、聞かれたか」

「エリーゼちゃん……女の子な上に貴族なんだから、そういう悪態はやめようぜ」

「ツッコミ所、そこ⁉」

「何にせよ、打たれ強い精霊で良かったな。精霊クエストをクリアすると、それに応じた報酬がもらえる。交渉次第では、望む褒美《ほうび》が出ることもある。俺の場合は、そうやって手に入れた」

「呪いに対抗する恩恵《ギフト》を？」

「それは……って言わねーっての」

おどけるタイターリスと笑い合ってから、エリーゼは精霊クエストの欄をじっと睨《にら》みつけた。

「どうにかして……私に都合のいい恩恵《ギフト》だけ残して、いらないものを引き取ってもらわないと」

「おいエリーゼちゃん、小狡《こずる》いぞー？」

「むしろ、慰謝料払ってもらいたいくらいだし」

「異種族のことといい、精霊のことといい、エリーゼちゃんって面白い考え方するよな」

「異端だって言うんでしょ？　精霊神教会《せいれいしんきょうかい》の前じゃ、さすがにこんなこと言わないよ」

「俺はそういうの、すっごく良いと思うよ」

エリーゼは、思わず口をつぐんだ。タイターリスの声から憧れや羨望《せんぼう》のようなものを感じて、おそるおそる彼の顔を窺《うかが》う。エリーゼと視線が合うと、タイターリスは潤《うる》んだ緑の瞳をやさしく細めた。

「エリーゼちゃんは、そのまま変わらないでいてくれよ」

「……うん」

エリーゼは小さく、けれど強く頷《うなず》いた。タイターリスは、そんな彼女の頭に手を伸ばした。

「よし、いい子だ」

髪の毛を掻《か》き回されて、エリーゼの肩の力が抜けていく。その手から逃げるように身をよじった彼女を笑ってから、タイターリスは子供を諭《さと》すように言った。

「わかってるかもしれないが、精霊クエストを出されるやつはかなりレアだ。絶対に外で言いふらさないこと。パーティを組みたいやつがいても、交渉のカードに使っちゃダメだ。当然、俺のことも口外しないこと」

「はーい」

「これ、バレると本気でまずいからな。理由は色々あるんだが、精霊と直接やり取りができるってことで、各国から狙われたりすることもあるから」

「だから本とかにも載ってないんだ？」

「そうだ。後宮で言いふらしたら、優遇されると同時に監禁もされるから。秘密にしろよ？」

「絶対に言わない」

胸に手を当てて誓ったエリーゼを見て満足そうに笑うと、タイターリスは踵《きびす》を返した。

「俺は先に戻ってるから、エリーゼちゃんもギルドカードしまったらさっさと出てこいよ」

タイターリスの背を見送った格好のまま、エリーゼはしばらく立ちつくした。何度か深呼吸したあと、彼女は顔を上げて虚空を睨《にら》みつけた。自分の周囲の空間全てに、あますことなくガンをつけてから、口を開く。

「……悪口言って、ごめん」

ぼそりと呟《つぶや》くと、エリーゼは足早に部屋を後にした。

王都迷宮の入り口の雰囲気は、大聖堂と似ている。迷宮は石造りの四角い建物で囲まれていて、迷宮に続く扉の両脇には、薬や簡単な装備品を売る店や、素材——武器や防具の材料となる、魔物の皮や牙などの買い取り所がある。どれも国営のものだが、受付にいる人の格好はギルド職員のものと大差ない。作業着に血みどろの前掛けをつけていたり、分厚い手袋をしている。いつもは素材から垂れた魔物の血や臓物にまみれ、清掃員が忙《せわ》しなく行きかい掃除している床は、今は夥《おびただ》しい数の花に覆われていた。

「子供たちは、迷宮から帰って来なかったようですね」

「……帰り道が見つからないだけで、まだ生きてるかもしれないのに」

迷宮に詳しい冒険者が三階層まで降りても発見できなかったという。泣きながら子供の名前を呼び、入り口に花束を供《そな》える母親らしい女性を見て、リールは肩をすくめた。

「諦めたほうが気持ちは楽になります。実際、ここに来ない親もいますし、あの女性も、本当に子供の死を悲しんでいるかどうか」

「リール」

「事実ですよ。体面を傷つけることなく食いぶちが一つ減って、喜んでいるかもしれません」

「思ってもいいけど、外では言わないで」

「ボクだって、本心を言う相手ぐらい選び——姉さん？」

驚いたようにリールが声をあげた。エリーゼが反応しないでいると、彼は眉根を寄せて言った。

「なんで姉さんが泣きそうな顔をしてるんです」

「……別に」

エリーゼは目元を隠すように手で顔を覆った。涙の気配をやり過ごすために、エリーゼは何度も深呼吸を繰り返した。

（お母さんやお父さんは、きっとあんな風に悲しんでくれた）

前世の世界では、この国のように貧しい人間は少なかった。きっと心から悲しんでくれただろう。

「なんでもないから、行こう」

「……姉さんが、他人を思いやって泣くような人だとは思っていませんでした」

「そうだね、違うよ」

「もう言いませんから、泣きやんでください」

「……泣いてないよ」

エリーゼが遠のいていく前世の記憶に思いを馳《は》せていると、リールは彼女の頭を撫《な》でた。やけに慎重な手つきにエリーゼが笑うと、彼はむっとしたように言った。

「姉さんがやってくれたことを真似しているだけですよ」

「別に下手とかじゃなくて、最近リールが優しいなあと思って」

「それは姉さんが……弱いから」

「そりゃあ、男の子のリールよりは弱いだろうなー。魔法も使えないし」

エリーゼがへらりと笑うと、リールは言いにくそうに口を開いた。

「ボクよりも、人付き合いは上手いでしょう」

「おおお、リールにフォローされた！」

「姉さんうるさい」

「リールより、頭撫でるのも上手だしー！」

「うわ、やめてくださいっ」

頭をぐしゃぐしゃにされまいと逃げるリールを追いながら、エリーゼは冒険者ギルドへの道を戻っていった。


冒険者ギルドの前には見知った男女四人が立っていて、エリーゼたちが帰ってくるのを見るとタイターリスが口を開いた。

「花は捧《ささ》げてきたみたいだな」

「でかい仕事の前には、死者にでも精霊にでも祈っといたほうがいいのさ。今回の緊急クエストの場合、危険なのはお嬢ちゃんみたいなランクの低い冒険者だからね」

「アーハザンタスにいる全ての冒険者に出される強制クエストですね」

「そうだよ」

リールの問いに頷《うなず》くと、ジュナはギルドに出入りしている冒険者たちを見やった。ギルドに出入りする冒険者の数は、エリーゼが花を捧げるため王都迷宮に行く前より減っている。

「緊急クエストは、『新たな迷宮の発生を阻止せよ！』だね。詳細は各々中に貼ってあるクエスト掲示板を見るんだよ」

特にエリーゼを見つめて言うジュナに、エリーゼが何度も頷いてみせると彼女は続けた。

「迷宮ってのは、魔界から流れてくる悪意に凝《こ》り固まった死者の魂から生まれると言われている。あたしらがやんなきゃいけないのは、この悪霊を始末すること。悪霊は生き物に取《と》り憑《つ》く。取り憑かれた生き物は、周辺を焦土《しょうど》に変えて迷宮が自然発生しやすい土壌にするらしい」

「人間が取り憑かれることもあるんですか？」

「あるよ。それが一番厄介なんだ。強い冒険者なんかが取り憑かれたら、目も当てられない……だが、先日それが起こったんだよ」

あ、とエリーゼは声をあげた。

「ギルドマスターが、冒険者が一人亡くなったって」

「それだろうね。Cランクの冒険者が、王都周辺の気配が変わったたって情報を持ってきたんだ。経験豊富な冒険者には、異変の前触れみたいなものを感じ取ることができるらしい。それで軽い見回りクエストを出しといたら、Eランクのそこそこできるやつが取り憑かれた。残ったパーティでどうにかそいつを仕留めて、それで収まったかと思えば、昨日の地震だ」

「地震が起こると、何かあるんですか？」

「今回は、迷宮の中に悪霊が入り込んだ可能性が高いらしい」

「取り憑かれた冒険者を殺したのに、悪霊は殺せなかったんですか？」

「そういうこともある、だそうだ」

苦々しい表情で口をつぐんだジュナを見て、タイターリスが話を続けた。

「ギルドマスターからの情報によれば、稀《まれ》に信じられないほどしぶといやつがいるんだそうだ。何度も生き返るのを、その度に殺して弱らせて、ようやく仕留められるのが。そういうのは、大迷宮を形成することが多いらしい。郊外ならともかく、こんな街中に発生したらたまらないようなのをね」

「冒険者が取《と》り憑《つ》かれたことと、地震が関係なかったという可能性もありますね。悪霊が、元から二匹以上発生していた可能性も」

「ありえないね。迷宮ってのは、そんなにポコポコ生まれるもんじゃないんだよ、お坊ちゃん」

「地獄への入り口、魔界へのきざはしだから、ですか？　古い迷信に囚《とら》われるのはどうかと思いますよ。あれは自然現象に過ぎません。規則性はあるかもしれませんが、時にはそれが乱れることだって考えられます」

ジュナとリールが睨《にら》みあう横で、エリーゼは首を傾げた。

そしてジュナのお付きの二人の内、背の高いほうに訊《たず》ねる。

「あの、もしかして私、クエスト中もこのパーティに入れてもらえるんですか？」

「どちらかというと、嬢ちゃんがおれたちのパーティにいてくれるのか？　って感じなんだが」

彼が困ったように言うのを聞いて、エリーゼはますます首を傾げた。口をぽかんとあけているエリーゼを見て、もう一人の男が進み出る。

「悪霊って、精霊や精霊に好かれてるようなのを嫌うんすよ。なもんで、精霊の恩恵《ギフト》を五つも持ってるお嬢ちゃんは、あっしらについてるより、一人でいたほうが安全なんす」

「安全、かな？」

「安心安全すよ。あっしやこいつならともかく、ジュナ姐《ねえ》さんやタイターリスさん、弟さんが取り憑かれたら、多分誰もお嬢ちゃんを守ってやれる余裕ないすから」

「ああ……でもすごく低い確率ですよね？」

「そうっすね」

背の低い男は、あっさりと言った。

「このアーハザンタスの人間数十万の中から、出る犠牲者は数人のはずですから」

エリーゼが何かを言う前に、リールとの睨《にら》み合いを終えたジュナが今度は彼女を睨みつけながら言った。

「このクエストの受注確認に行ったら、ギルドマスターはあたしら六人を勝手に一つのパーティと見なしていて……お嬢ちゃんがいるからって理由で、迷宮送りになったんだよ。どういうわけだか知らないが、何が安心安全だい」

エリーゼは目を瞠《みは》った。もし迷宮の中で六人のうちの誰かが取り憑かれたら、迷宮が作り変わって生き埋めにされるのではないだろうか。

「……ごめんなさい。迷宮送りになったのは、私のせいだと思います」

エリーゼは街を出ることができない。前にそれをしようとした時は、血反吐《ちへど》を吐いて死にかけた。

うなだれるエリーゼを見て、タイターリスは苦笑した。

「俺のせいでもあるな。ギルドマスターにそれ言ったのは俺だから。今回、迷宮でなくフィールドに追い出された冒険者の数は多いから、いざ戦闘って時には頼りになるやつもいるかもしれないけど、悪霊がそんなやつに取《と》り憑《つ》いたりしたら、逆に厄介だ。少人数で迷宮にこもるほうが安全かもしれないよ。俺もエリーゼちゃんも精霊には好かれてるほうだし、悪霊のほうが避けてくれると思うね」

「一番ヤバイのは、精霊に好かれてるくせに性の悪いやつだよ。小物は基本的に精霊も相手にしないけど、破滅願望のある者が奇特な精霊に好かれた挙句《あげく》、悪霊まで仲間に引き入れて悲惨な事件を引き起こしたことが、過去に何度もあるんだ」

「俺はたぶんそんなに性悪じゃないと思うけど……エリーゼちゃんは？」

「え、私？」

「あんたたちのことを言ってんじゃないよ」

そう言うと、ジュナはリールを睨みつける。だが、リールは大したことはないといった表情で肩をすくめた。

「魔法使い、あんたが一番わからないのさ。まだ市民カードもギルドカードも持ったことのないあんたは、自分の恩恵《ギフト》さえわからないんだから。あんたのことは嫌いじゃないけど、今回ばかりは考えちまうね。あんたには、どこか危ういところがあるんだよ」

「マスターはボクを含めてパーティとしたんでしょう？　その意図を察するべきですよ、ジュナ」

「察したからこそ、あたしは乗り気じゃないんだがねえ？」

「どういうこと？」

エリーゼの問いに、タイターリスは曖昧《あいまい》に笑った。だがその横で、ジュナがはっきり言い放った。

「魔法使いみたいな強い子に悪霊が取り憑いたら悲惨だってことさ。特に、他の冒険者がいない街中で起きたりしたら大変なことになる。それを見越して、一般人のいる区画から追い出したいってのがギルドマスターの考えだろう。強い魔力に暗い性格……子供でまだ血に触れた機会は少ないとはいえ、あんたは悪霊に狙われやすいよ」

「その時はボクを殺せばいいでしょう。何のために、マスターがこんな時だというのにランクDの冒険者を、二人もボクにあてがったと思っているんです」

「お嬢ちゃんはどうするつもりだい」

「姉さんは精霊に好かれている。色んな干渉を受けるぐらい。だから大丈夫でしょう――姉さん」

立て続けに語られる言葉を上手く呑み込めずにいたエリーゼに、リールは目を細めて微笑んだ。

「ボクが取り憑かれたら、すぐに逃げてくださいね」

答えられないエリーゼの横で、タイターリスが溜息《ためいき》を吐《つ》いた。

「エリーゼちゃんのために、悪霊避《よ》けになるつもりか」

「私、そんなのいらないよ、リール」

「ボクはそんなつもりじゃありませんよ。姉さん、タイターリスの妄言《もうげん》に踊らされないでください」

「俺はそういうの、嫌いだ」

「貴方に好かれたいなんて微塵《みじん》も思っていませんよ、タイターリス」

「リール！」

「……なんですか、姉さん」

険悪な空気をぶち破るように甲高い声を出したエリーゼを、リールは気だるそうに振り返った。

「本当に、違うんだよね？」

「貴女のために、というくだりのことでしたら、全然違います。だいたい、ギルドマスターはもっと悪霊を呼びやすいパーティを他にいくつも作って、フィールドに放り出すつもりのようでした。魔物を苦しめて殺すのが好きな猟奇的《りょうきてき》冒険者や、よくパーティメンバーを死なせることで有名な屑《くず》冒険者を、高位ランクの冒険者と組ませたりして。運悪く取《と》り憑《つ》かれた人間を囲い込んで討伐《とうばつ》するほうが効率がいいに決まってますから。迷宮送りは、むしろ安全なところに逃がしてもらったようなものです」

「そういうものなの？」

「確かにね」

ジュナが認めて、エリーゼはほっと息を吐いた。

「だけど、あたしは魔法使いに自分の後ろを歩かせる気にはなれないね。それだけ、あんたのことを買ってるってことさ。前を歩きな。それで我慢してやるから」

「横です。これ以上は譲歩しませんよ。どう考えても、十四年しか生きていないボクより貴女のほうが、悪霊の好む恨《うら》みの血を浴びているはずですから」

「ちょっと、なんだか引っかかる物言いだね、魔法使い！」

「タイターリスは姉さんのすぐ側についていてください。癪《しゃく》ですが、ボクより貴方のほうが精霊に好かれているでしょうから」

「つーか、エリーゼちゃん。ここらで冒険者をやめちゃうって手もあるんだけど」

タイターリスの提案に、エリーゼは素早く手を挙げて応えた。

「それはない」

「えー、でもなあ」

「ないよ。命の危険があるからってことで冒険者をやめるようなら、初めから冒険者になってないもん」

「それはそうだけどな。迷宮の発生なんて何百年かに一度、あるかないかの一大事なんだ。普通に冒険者をやってるより、このクエスト一つに挑むほうがよっぽど危険なんだよ。本当に死ぬかもしれないんだぞ？」

「一番怖いのは死ぬことじゃない」

痛いことでもない、と呟《つぶや》いて、エリーゼは腕に白く残るグレイドッグの牙の痕《あと》を眺めた。

「冒険者になれて、すごく嬉しいの。この緊急クエストだって、すごく危険だっていうのはわかってるけど、冒険者っぽい感じがして胸がどきどきする。何の力にもなれないのはわかってるし、面倒見てもらって申し訳ないとは思うけど、私はしがみついてでも冒険者をやめたくない」

「冒険者をやめることのほうが怖い、ってことか？」

「そう」

タイターリスの言葉にうなずくと、エリーゼは目を細めた。

「冒険者をやめたら、なんのためにこの世界に生まれてきたのかわからない」

「――姉さん、もう行きましょう。クエスト開始は明日です。今日は十分に英気を養《やしな》ってください。準備はボクがしておくので、姉さんはさっさと帰って休んでください」

「もう寝るの？　まだ夕方だよ」

「フィールド組は最低一週間、迷宮組は三日、街に寄らずに野宿するようにとのことです。ボクら冒険者は魔物をおびき寄せるための餌《えさ》であり、悪霊が無事に消されるまでは、物資の補給のために街に出てもすぐに迷宮に追い立てられます。まともな寝床で寝られるうちに寝ておいたほうがいいですよ」

「迷宮で野宿かあ……！」

「……なんでこのお嬢ちゃんは喜んでるんだろうね。迷宮での寝泊まりなんて憂鬱《ゆううつ》なだけだよ」

「エリーゼちゃんの前向きさがあれば、悪霊も寄りつかないかもな」

「そうだね、タイターリスが言うとおり、私がリールを悪いやつらから守ってあげるね！」

「姉さんに守られるなんて屈辱《くつじょく》です」

「久々のツン！」

「うざい」

エリーゼはげんなりとした顔のリールにくっついて、タイターリスたちと別れた。

明日の朝、日の出の頃に迷宮の前で集合、と呟《つぶや》いてから、エリーゼは朗《ほが》らかに言った。

「街から出られないのはともかく、迷宮には入れてよかったなあ。迷宮に入れないようじゃ、冒険者になった意味がないもんね」

「母上の関心が、姉さんの身の安全にまで及んでいないかもしれない、ということになるんですが」

「いいのいいの。お母さまのことなんて。あんまりしゃべったこともないし」

「……姉さんがそれでいいのなら」

大通りの中ほどで、迷宮探索のための買い物をするというリールと別れ、エリーゼはまっすぐ後宮へ戻った。緊急クエストのことを知ったらしい女官長が入り口で待ち受けていて、「お戻りになるよう殿下を説得してくださいませ」と頭を下げた。だが王子の顔も知らないので、どうにもできない。エリーゼは、曖昧《あいまい》に頷《うなず》きながら部屋に戻った。


その頃、エリーゼが王宮の中へ入るのを魔法で確認したリールは、溜息《ためいき》を吐《つ》いた。

エリーゼの分を含めて迷宮探索の準備を整えたあと、商業区を出る。中央通りである王の道を横切ると、紺色に染まっていく空に追い立てられるように露店をしまったり、カンテラを軒先《のきさき》に吊り下げたりと、夜に備えて人々は慌ただしく動いていた。

王の道を抜け、路地に入っても、まだ路傍《ろぼう》の物売りが壁を背に座っている。庶民の居住区を過ぎて貴族街に入ると、時おり見回りの兵士が通り過ぎる以外には、人影はほとんどなくなった。

リールは貴族街に入ってすぐのところにある、小ぢんまりとした屋敷に入った。使用人たちは彼の姿を見つけると、すぐに迎え入れた。リールは並び立つ彼らを一顧《いっこ》だにせず、まっすぐに談話室へ向かう。

階段を上がってすぐの所にある談話室には、先客が三人いた。リールが使用人を追い出すと、その中の一人が口を開いた。

「来たわね、リール」

「本日はお集まりいただきお礼申し上げます。姉上、兄上方」

「冒険者の招集に騎士が応えるなど屈辱《くつじょく》だが、弟であるお前のことだし、何より来なければ家を燃やすなどと言うのだから仕方あるまい」

「僕は教会に攻撃魔法を打ち込むと聞いたぞ」

「エイブリー兄上、ステファン兄上、お二人がボクの誘いを無視するようなことがあれば、それぞれ実行したでしょう。ボクは魔法使い。嘘はできるだけ吐《つ》きたくない立場の人間なので」

「ごたくはいいのよ、リール。何か大切な話があるんでしょう?」

「ええ、姉上」

茶菓子をつまみながらソファで優雅にくつろいでいるカロリーナに視線を向けて、リールは相槌《あいづち》を打った。ステファンは、姉の斜め向かいにぶすっとした顔で腰かけている。エイブリーが壁際に立っているのを見て、リールは座らず、閉じた扉にもたれながら口を開いた。

「姉さんを殺そうとしたのは、誰です？」

「あら」

「……いきなり何を言うかと思えば、物騒な」

「リール、お前はまだあいつを見捨ててなかったんだな」

カロリーナは意外そうに目を瞬《しばたた》かせ、エイブリーは肩をすくめ、ステファンは苦しい顔をした。

それぞれの顔を見すえながら、リールは重苦しい口調で言った。

「姉さんが冒険者になった日、ボクは姉さんの恩恵《ギフト》を一つ知りました。本人の許可を得ずに、貴方たちに話すのはどうかと思うので詳細は伏せます。ですが、その恩恵《ギフト》がなければ姉さんにとってこの家に生まれたことは苦痛でしかなかったと、そう思わせるものでした」

「それって、【美貌に弱い】という恩恵《ギフト》のことかしら。それとも【胃弱】？」

「——姉さんは、姉上に恩恵《ギフト》を見せたんですか？」

「ええ。言ったら見せてくれたわよ」

「何か、思うことはなかったんですか」

「精霊が、お父様と、その子である私たちに従えと言っているんじゃないかしら」

「それなら【家族に弱い】、でよかったはずです。なぜ顔なんです！　何をされても受け入れるのは、血の繋がりなど関係なく、ただ顔の造りがよいからだなんて。……姉上、恩恵《ギフト》を見せてもらったということは、他の恩恵《ギフト》も知っているということですね？」

「【気配察知】と、【逃げ足】と【警告】だったかしら。エリーゼが冒険者としてやっていくのに、とても使い勝手のいい恩恵《ギフト》だと思ったけれど」

にっこりと微笑むカロリーナを見て、リールが顔を歪《ゆが》ませた。

「確かに使い勝手はいいでしょうね！　常に死の危険に晒され、命からがら逃げ延びた人しか手にできないような恩恵《ギフト》です！　姉さんが職を求めて家から出るようになった頃には、ボクも物心ついていた。姉さんの様子が急変するようなことはなかったと断言できます。ならば、姉さんがこんな残酷な恩恵《ギフト》を手に入れることになった要因は、それより前に発生したということになります」

一旦言葉を切ると、リールは改めて姉と兄たちを睨《にら》みつけた。

「貴方たちは、姉さんに何をした」

「リールったら、本当にエリーゼのことが大好きなのね」

「とぼけないでください」

「嫌だわ、私は何もしていないわよ」

「……そうですね。ボクにはなかなか見せてくれなかった恩恵《ギフト》をあっさり見せてしまうくらい、姉さんは姉上のことが好きなようですから」

リールはくすくすと笑う姉から視線を逸《そ》らし、壁際に立つエイブリーに向けた。

「では、兄上が何かしたのですか？」

「そもそも、俺はあれに興味など欠片《かけら》も持っていない。目障《めざわ》りだから、視界に入れば追い払うくらいのことはしたかもしれないがな」

「じゃあ……」

リールが口を開く前に、ソファに腰かけていたステファンが立ち上がって彼を睨み返した。

「そうだよ、僕はあいつを殺そうとしたことがある。邪魔なんだ。ちらと姿が見えるだけで、あの甲高い声が聞こえるだけで腹が立つ！　ついこの間も、思い上がったことを口にするから首を絞めてやったさ……あいつは泣きも怯《おび》えもしなかったけどね！」

「先日、も？」

片眉を跳ねあげたリールを見て、ステファンは口を曲げた。

「ああ……だけどあの時は、そんなつもりじゃなかった」

「ボクに言い訳をしてどうするんです？」

「言い訳なんてしていない！」

「それについてはどうでもいいです。何をしたのかだけ教えてください」

「知ってどうするつもりだ」

エイブリーが高圧的に聞いたが、リールは毅然《きぜん》として言い放った。

「姉さんのために、何ができるか考えます」

「お前は……まだあれを慕《した》っているのか。一時は目が覚めたものと思っていたのに」

「目がくらんでいたんですよ。姉さんを一人の人間として考えられず、ボクに全幅《ぜんぷく》の信頼を寄せてくれないことを恨《うら》んでいました。姉さんが何かに傷つき、怯《おび》えているなんて想像もできずに」

「……くだらないっ！　なんでお前が、あいつのために動くんだ。あいつがハイワーズ家のために何かしたか？　これから先、何かできるとでも思うのか？」

「ステファン兄上には、わからないと思います」

そう言うと、リールは目を閉じた。

「頭を撫《な》でてくれたのも、抱きしめてくれたのも、眠れないとき子守唄を歌ってくれたのも――本を読み聞かせてくれたり、魔法言語や街のこと、世界のことを教えてくれたのも姉さんでした。今のボクがあるのは、姉さんのおかげです。姉さんが能力的に劣《おと》っているとしても、できることが何もないとしても、その事実が変わるわけじゃない」

「あいつ……エリーゼがお前にしてやったことは、きっと父上がエリーゼにしてやっていたにきまってる！　羨《うらや》ましいとか、妬《ねた》ましいとは思わないのか!?」

「思いません」

リールはきっぱりと言った。

「ボクも、父上は凄い方だと思います。その実力を拝見したことはありませんが、父上の前に立つだけで圧倒されますから。兄上たちが信奉《しんぽう》なさる理由もわかります。……ですが、ボクは兄上たちとは違います」

「お前はあの子だけ『姉さん』なんて、カロリーナ姉上とは違った格下の呼び方をしているくせに」

「そう呼ばないと、姉さんが虚《きょ》を衝《つ》かれたような顔をするんですよ」

「なんだって？」

「姉上と呼ぶと……一体誰を呼んでいるんだろう、という顔をするんです。本当に自分が呼ばれているのかと訝《いぶか》しむ。『姉さん』と呼べば、振り返ってくれる」

「だから、お前は僕が邪魔なんだな？　あいつのために――」

「そこまで言っていませんよ。ただボクは、原因を明らかにしたいだけです」

リールは目を伏せて、呟《つぶや》くように言った。

「なぜあの時、ボクは姉さんにあんなことを言われなくてはならなかったのか――」

「何のことだ」

「ステファン兄上には関係ありません」

「……ッ！　そんな目で僕を見るな！　まるであいつみたいな目で！　お前なんかに蔑《さげす》まれる覚えはない！」

ステファンは、リールを突き飛ばして談話室から出ていった。後を追おうとしたリールを、カロリーナが引き留めた。

「放っておきなさい、リール」

「ですが、まだ話は――」

「私が教えてあげるわ。あれはちょっとした事件だったから、私も覚えているわよ。エリーゼが四歳の頃だったわ。ステファンは、お父様に手ずから食事をいただいていたエリーゼに嫉妬《しっと》したのね。エリーゼの食事を取り上げてしまうことがあったみたい。あの日もパンを取り上げられそうになったから、エリーゼはそれから逃げようとして、裏庭の井戸に落ちたのよ。冬だったから、水がとても冷たかったわ」

「何てことを……淡々と話すようなことですか⁉」

「そうね、引き上げるのにすごく苦労したわ。エリーゼは凍《こご》えてしまって、井戸の中にロープを垂らしても、なかなか掴めなかったのよ」

「そういう問題ではありません！　……目を丸くしてみせても無駄ですよ姉上。貴女がボクの言いたいことを何もかもご存じなのはわかっているんです。貴女は、とても賢い方だ」

「そういう言い方って無粋《ぶすい》よ、リール」

ふくれ面をしたカロリーナの横で、エイブリーは肩をすくめた。

「バカな子供同士のやり取りが、思わぬ事故を招いたというだけの話だ。それで恩恵《ギフト》を手に入れたというのなら、あれは存外精霊に愛されていたということだろう。リール、あれの後宮入りは、元はお前が言い出したことだ。お前が姉のためにと望むなら、俺から陛下にエリーゼの昇格を願い出てやろうか？」

「そんなこと、どうだっていいんですよ！」

「だめよ、あんまり大きい声を出しては。今、お父様が寝室で、お母さまと睦《むつ》み合っていらっしゃるのよ。わかっているでしょう、リール？　あなたの知りたいことを教えてあげるから、それを邪魔するようなことはしないで」

「……教えてください、姉上」

「そうね」

カロリーナは小首を傾げた。

「エリーゼは、そのことをすぐに忘れたみたいだわ。それだけ衝撃が大きかったということみたい。あの時から、エリーゼが怯《おび》えたように身を隠すことが増えた気がするわ……ステファンの目がある時は、特にね」

「貴女はその時、姉さんに何をしてあげたんですか」

「あら？　初めに言わなかったかしら」

そう言って、カロリーナは艶《あで》やかに微笑んだ。

「私はエリーゼに何もしていないわ」

「良いことも悪いことも、という意味ですか」

「そう言ったつもりよ。ついでに言うと、エイブリーもそうかしら？」

「俺は初めからあれに何の期待もしていないし、失望することもない」

「――ボクは貴方たちがどういう人間かわかっていたつもりでしたが、認識が甘かったようですね。取り乱して出て行ったステファン兄上のほうが、何倍もまともに思えてきますよ」

「そうね、ステファンはとてもまともだと思うわ。とても真面目で、融通《ゆうずう》の利かない子」

「もしかしたら、姉さんよりもまともかもしれませんね。だからといって、ボクはステファン兄上を許しませんが」

「本当にエリーゼが好きなのね、リール？」

「ええそうです。貴女たちは違うんでしょう？」

開き直ったようにリールは胸を張って言った。

「だから手出ししないでください。役に立たないからとないがしろにするのもやめてください。姉さんの分まで、ボクがハイワーズに貢献しましょう。姉さんのことは、ハイワーズに貢献できるボクが必要としています」

「つまり、リールの獲物だから手を出すな、ということかしら？」

「そうです。姉さんの生死についても、姉上や兄上より、ボクのほうが関心を持っています」

ゆっくりと目をつぶって再び目を開いた時、リールの森色の瞳からは一切の光が消えていた。

「姉さんを殺す時は、ボクがやる」

「素敵な愛情表現ね、リール」

「……カロリーナ姉上に、まともな返答は期待していませんよ」

溜息《ためいき》を吐《つ》くと、リールは踵《きびす》を返した。

「ボクが言いたいことはそれだけです。兄上や姉上も知っていると思いますが、今は緊急事態なので、できるだけ家を離れないことをオススメしますよ。精霊から愛されている自信があるのならともかく、母上のそばにいたほうが安全なはずです」

「忠告ありがとう、リール。だけど私、逢引《あいびき》の約束があるのよ」

「緊急事態だからこそ、騎士の俺には果たすべき任務がある」

「他の人より、兄上も姉上も魔力量は多いみたいなんです。ボクが感じ取れる限り——そういう人間は悪霊に抵抗できますが、反面狙われやすくもあるでしょう。それに悪霊が乗り移れば、憎しみは精霊に愛される人間に向かいます。貴方たちの大好きな父上が愛する母上に迷惑をかけないためにも、大人しくしているべきだと思いますけど」

「なんだかんだ言って、あなたは家族が好きなのかしら、リール？」

「家族は大事にするべきもの、らしいですよ」

リールは手をひらひらと振って言った。

「家族を大事に思っているか怪しい姉さんが、ボクにそう教えてくれました」

「どこで覚えたのかしら、そんな言葉」

「父上が教えたのではないですか。――お集まりいただきありがとうございました。このことはできれば、ステファン兄上にもお伝えください」

簡単に礼を言うと、リールはその場からすたすたと立ち去った。


リールが退室してもしばらく、俯《うつむ》いたまま思考に沈んでいたエイブリーは、不意に顔を上げると優雅にお茶を飲んでいるカロリーナの顔を見つめた。

「……父上がそんなことを言うとは思えないが。姉上が仕込んだのですか？」

「エリーゼに？　家ならともかく、家族を大切にしろって？　覚えがないわね」

「では、精霊神教会《せいれいしんきょうかい》ですか。ステファンだけでなく、あれも教会に取り込まれているということか」

「いけないわ、エイブリー。あなたはこうであって欲しいという思い込みが強くて、真実を見抜く力が足りていないと思うの。エリーゼのことを、取るに足らない存在だと思いたい気持ちはわかるわ。お父様に特別気にかけてもらっているなんて、私もずるいと思うもの」

「……それにしては、姉上はあれに対して友好的ではありませんか」

「だって、エリーゼはお父様に何の興味もないんだもの」

くすり、と微笑んだカロリーナは、細長い指を顎《あご》に押し当てた。

「どうしてかしらね？　エリーゼには【魅了】が効いていないみたい」

「……確かに」

「前々から少しおかしいとは思っていたけれど、これまで私たちに忠実だったのは、【美貌に弱い】という恩恵《ギフト》のせいではないかしら。まんまと騙《だま》されてしまったわ」

「では、あれの魂の位《くらい》は俺たちの【魅了】が効かないほど低いということだ」

「ほらね、またあなたは、そうであって欲しいという思い込みで断定するんだわ」

カロリーナが面白がるように笑うと、エイブリーは押し黙る。カロリーナは目を細めた。

「エリーゼの魂の位が高すぎるのだと、私は考えているわ」

「そんなこと」

「ないと思う？　でも魂の位が低いとしたら、お父様がエリーゼに構う理由がわからないでしょう？　――もしも何の理由もなくお父様に愛《め》でられているというのなら、私はとうにエリーゼの顔を焼いていたわ」

顔色ひとつ変えずに言うカロリーナに目を瞠《みは》ったあと、エイブリーは黙って頷《うなず》いた。

「調べてみたわ。そうしたら面白いことがわかったのよ。あの子、誰にも教えてもらっていないうちから文字の読み書きを習得していたみたい。もちろん、調査に漏れがなければの話だけど。普通文字ならともかく古代文字までとなると、特殊な教養を持った教師が必要なのに、あの子が誰かに師事していた気配はないのよね。お父様が教えたのかと思ったのだけど、あの子に聞いたら違うというのよ。嘘のつける子ではないから、どこで習ったのか聞いてみても、わけがわからないという顔をしてはぐらかすの。駆け引きの下手なあの子から答えが引き出せなかった時点で、何かあるんだと思ったわ」

「精霊の加護、ですか？」

「どうなのかしら。私があの子のギルドカードを見た時には、そんなものはなかったけれど……私もお父様も、もちろんあなたも、エリーゼが人間らしく育つように教育しようとなんてしなかったわ。それでも、今のあの子はとても普通なの。何も知らない人があの子を見れば、温かい家庭で、親や兄弟に愛されて育ってきたみたいに見えるでしょうね。――これはとても異常なことよ。そうは思わない？」

「それなら……ステファンだとて――」

「往生際が悪いわ、エイブリー。ステファンはエリーゼと違って『まとも』に育ったじゃない。誰にも面倒を見てもらえず、ないがしろにされてきた子らしく、情緒不安定で心の弱い人間にね」

「放っておいたら、まさかああなるとは」

「私もびっくりしたわ。あなたの時は食事を何週間か与えずにいても死んでいなかったのに」

「それは俺が――姉上もそう、だが」

「そうね。リールの忠告は可愛らしくて嬉しいけれど、私たちが悪霊に魅入られることなんてありえないわ。私のところに来たら、悪霊を食らってしまおうかしら。まずいだろうし何の足しにもならないでしょうけれど、お父様を煩《わずら》わせたくないもの」

「姉上」

エイブリーが鋭い声で制止したので、カロリーナは、はたと口をつぐんだ。壁の向こうから騒ぎの音が微《かす》かに聞こえる。

やがて静かになると、カロリーナはにっこりと微笑んだ。

「子鼠《こねずみ》ちゃんの気配でも感じたの？　最近の鼠は、お香臭くて嫌になるわ」

「……使用人どもが捕まえたようです。まもなく駆除される」

「息の根は止めておいたほうがいいわよね。どんな話を聞かれたかわからないもの」

深紅のレースで作られた扇子《せんす》で、笑みを隠すように口もとを覆うカロリーナ。エイブリーは眉間《みけん》に皺《しわ》を寄せた。

「ステファンはまた教会に逃げ込んだのか」

「あの子は最近、危ないわね。小面憎《こづらにく》い聖女がステファンを【魅了】しているんだわ。私たちやお父様の【魅了】が最近のステファンには効きにくいみたいだから、厄介ね」

「それにリールも問題だ。そろそろ目が覚めるかと思えば、盲目になった挙句《あげく》、あれを勝手に始末しようとしているぞ」

「素敵に育ったわよねえ、リール！」

「……姉上、そういう問題ではないのですが」

「きっと若い頃のお父様に似ていると思うの。お父様もね、昔はお母さまを殺したくて一緒にいたのだとおっしゃっていたもの！」

「あれが死んでもいいのですか？　あれにも父上のために果たすべき役割があると考えているのでしょう？」

「一応、お父様にお伝えはするけれど」

無邪気そうに微笑んで見せながら、カロリーナは言った。

「リールが失敗してお父様に殺されても、私には関係のない話だわ」

「――あなたは結局、刹那的《せつなてき》な快楽が欲しいだけだ。長期的な展望がない。そうやって目先のことばかり考えていて、父上のためになることができるとは思えない」

「そうね。私には難しいことはよくわからないわ」

可愛らしく微笑みながら、媚《こ》びるような目でエイブリーを見つめるカロリーナ。エイブリーは深い溜息《ためいき》を吐《つ》いて、煩《わずら》わしそうに首を振った。

「俺には姉上の【魅了】は効かない。鬱陶《うっとう》しいからやめてくれ」

「酷《ひど》いわ。あなただけが私の頼れる殿方なのに」

「俺はもう王宮に戻る。姉上は姉上にできることをしてください。俺は俺のやるべきことをする」

踵《きびす》を返したエイブリーの背を、くすくすという笑いが追いかける。それから逃げるようにして、エイブリーは部屋を後にした。

王都迷宮は、王宮のさらに北東にある。エリーゼたちが王宮を越えて東に進むと、一見がらんとしていて寂《さび》れたような地区があった。そこは第二の商業区で、冒険者用の宿が粗末なものから豪華なものまで立ちならんでいる。整備された第一の商業区とは違い、雑然として粗野な雰囲気が漂《ただよ》う。

「いかにも迷宮探索者のためのものって感じだよね！」

「ときめくところじゃありませんよ。もうすぐ約束の刻限ですから、急ぎますよ」

「あ、ごめん」

「気に病むことはありませんけどね。時間を守る冒険者なんて、空を飛ぶ魚のようなものですから」

リールはそう言ったが、王都迷宮の入り口にはジュナとお付きの男二人がいた。素材買い取りカウンターでは、職員が眠そうに舟を漕いでいる。だが結局、タイターリスがやってきたのは昼過ぎだった。

いつギルドからクエスト遂行勧告が出されるかと考えてぴりぴりしていたらしいジュナは、タイターリスの姿を見つけるとすぐに歩み寄り、拳骨《げんこつ》をお見舞いした。

依然ぴりぴりとしたままのジュナを先頭に、彼らは迷宮に入った。

「……お嬢ちゃんの【気配察知】が、悪霊にまで及ぶことを祈るしかないね」

「怖いんですか？」

「あたりまえだろう？　恐怖を感じなかったら、警戒なんかするわけがない。腕を磨《みが》こうとも思わないだろうね。昨日は、お嬢ちゃん——あんた魔物に食われかけて泣きも喚《わめ》きもしなかったのには感心したけど、死ぬのはもちろん、死ぬのが恐くないんじゃ、命は長くないよ」

「とてもそうは見えないよ。ハイワーズってのは本当に不気味で底知れなくて、面白いったらありゃしない」

「顔が笑ってないですよ」

「面白いったら面白いんだよ！」

苛立《いらだ》ったように、ジュナは声を荒らげた。前に迷宮に入った時とは違う余裕のなさにエリーゼが首を傾げると、お付きの男たちが苦笑した。

「迷宮に入るのが楽しいなんて女は、嬢ちゃん以外にはいないだろうなあ」

「女が二人いるだけましだよ。クソする時の見張り番くらいには使えるさ。戦力にはならないだろうから、戦いの時は盾《たて》にしかできないけどね——魔法使い、冗談だよ」

「姉さんを盾にして生き残ったところで、ボクが貴女を殺すから無意味ですよ」

「胸打たれる姉弟愛だねえ。お嬢ちゃん、弟を教育し直しな。若くして古代語を自由に扱える特異な才能に恵まれているせいで、性格が歪《ゆが》んじまっているみたいだよ」

「特異な才能？　何がですか？」

「古代文字を書いたり読んだり、話したりするのは難しいことなんだよ、エリーゼちゃん」

魔法を唱えるのに使われるその文字は、エリーゼにとって、普通文字をひらがなとすれば漢字のようなものだ。だが、ひらがなしか知らない人にとっては、漢字のように複数の意味を持つ複雑な形の文字は理解しがたいのかもしれない。タイターリスの言葉を聞いて「なるほど」と頷《うなず》いたエリーゼに、ジュナが言った。

「魔法使いなら当然覚えるべきなんだろうけど、古代語を習得するにはかなり勉強が必要なのさ。だから三流どころのやつなんかは、単語をいくつか記憶するぐらいが関の山だね。覚える単語の数が多ければ二流くらいにはなれるって話だよ。だけど、一流になるには古代語を自在に操ることができなきゃいけないし、賢者とまで呼ばれるまでになるには伝説の古代星語《ルーン》も習得しなくちゃならないらしい。賢者は格式の高い家から生まれるなんて忌々《いまいま》しい格言。あれは小さい頃から優秀な家庭教師をあてがえるような、裕福な家からしか生まれないって意味さ」

叩きつけるような口調で言うジュナに、エリーゼは聞いた。

「でも、勇者は貴族からは生まれない、とも言うじゃありませんか」

「お家のこともお国のことも顧《かえり》みず、世界のために自分を犠牲にして魔物の群れに突っ込めるやつなんて、平民ぐらいしかいないだろ？　それで死んだら、そいつは勇者じゃなかったってことさ。いくらでも替えの利く平民の中からしか出てこないわけだよ。もしも志《こころざし》のある貴族がいるとしたら、勇者なんて目指さずに、政治上の立場から迷宮を潰すようにしてほしいものだね」

「迷宮って、わざと残されているんでしたっけ」

「そうだよ。資源確保のため、潰すことにはどの国も積極的じゃない。時おり迷宮から魔物が溢れてくることがある。『大侵攻』って言われるやつだけど、国は意図的にこれを起こすこともある。

飢饉《ききん》の時の口減らしに、あるいは反乱の鎮圧《ちんあつ》のために、わざと危機的状況を作るんだよ。人間が一致団結せねばならない時だとか言ってね。自分の地位を守るためなら、権力者ってのは手段を選ばないんだ」

迷宮に入り、六人が横に並んで通れるぐらいの広い道を歩いていくと、大きな広場に入った。そこに湧いている魔物を一通り駆逐すれば、そのまま人間が留まっている限り、魔物は出てこない。

広場の魔物を一掃すると、その中心に集まってエリーゼたちは腰を下ろした。そんな時、ジュナがぽつりと呟《つぶや》いた。

「あたしたちの村も、そうやって滅んだんだよ」

「え？」

「姐《あね》さん！」

「いいのさ。こういう若い子には、お涙ちょうだいの話をしとくと聞きわけがよくなるものだよ。特に、それが本当の話ならねえ？」

にっこりと微笑んで見せたジュナの顔には、陰があった。疲労の色が濃く表れた顔は、急に老けたように見えた。ふとジュナが、三十代半《なか》ばくらいの女性であることを思い出し、エリーゼは目を瞠《みは》った。

「あたしたちの村は貧しくてね。その年はひどい旱魃《かんばつ》で……もう税は払えないって訴えてるのに領主は強欲でさ、あたしたちを骨の髄《ずい》までしゃぶろうとした。だから、あたしたちの親の世代は蜂起《ほうき》した。だけどその領主は迷宮持ちで、武器といっても鍬《くわ》や鋤《すき》しか持たない農民に向かって迷宮の魔物をけしかけたんだ。あたりの冒険者はみんな買収されていて、誰も助けちゃくれなかった」

ジュナの話に、男たちもうなだれていた。タイターリスは沈痛な面持ちで聞き入っている。リールは全く耳に入っていないかのように、無表情で野宿の準備をしていた。

「身よりのないあたしたちが、冒険者になれたのは幸運だね。むかつく為政者《いせいしゃ》だろうと、歯向かうことはもちろんできない身分だけど……強ささえあれば、迷宮を潰せる。こうして今みたいに、迷宮の発生を防ぐことだってできるんだ。だからいいね？　覚えておきなよ、お嬢ちゃん」

エリーゼの強張った顔を覗《のぞ》き込んで、ジュナは言い放った。

「あんたの弟や、たとえあんたが悪霊に取《と》り憑《つ》かれても、あたしは迷うことなく殺す。当然、あたしが取り憑かれた時には同じように殺すんだよ。情けも容赦もいらない。それが嫌なら、今すぐ冒険者をやめてここから出ていきな」

「――わかりました」

「出て行く気は、さらさらないって顔をしてるね」

顔を歪《ゆが》めたジュナの手前、エリーゼは俯《うつむ》いた。リールの手伝いをするために、そそくさと立ち上がる。そんな彼女の背に、ジュナの刺々《とげとげ》しい声が突き刺さった。

「なんて嬉しそうな顔をしてるんだい、お嬢ちゃん」

リールが顔を上げてエリーゼを見た。その視線から逃れるように、エリーゼは口もとを手で隠した。

（だって魔物とか、税とか、『大侵攻』とか……すごく、異世界って感じで……）

潤《うる》んだ目を伏せたエリーゼに、リールは不思議そうに言った。

「姉さん、どうしたんですか。なんで笑っているんですか？」

「ジュナさんをバカにしてるわけじゃなくて、すごく個人的なことなんだ。紛《まぎ》らわしくてごめんなさい。ただ、この世界に生まれた意味を、やっと感じることができてるから」

「生まれた意味って……」

絶句したリールを見て、タイターリスが話題を切り替えた。

「そういや、リールは古代星語《ルーン》も使えるのか？」

「使えませんよ。いくらなんでも」

「だよなー。それ使えたら賢者だもんな。国が放っておかないだろ」

「姉さん、古代星語《ルーン》で使う魔法を精霊魔法と言うんです」

「へー、そうなんだ」

「あとタイターリス、馴れ馴れしくボクの名前を呼ばないでください」

「お前は年上への敬意を身につけろよ」

へらり、と苦笑しながら言うタイターリスから、リールはふいと顔を逸《そ》らした。

その場の雰囲気ががらりと変わり、ジュナたちも野営の準備に動き始めた。リールを手伝いだしたエリーゼを見て、リールは懐《ふところ》から躊躇《ためら》いがちに一冊の本を取り出す。

「これを覚えてますか、姉さん」

「え？　……ああ！　そういえば昨日もちらっと見えたんだけど、それって」

茶色い革表紙に、ボロボロと剥《は》がれ落ちた金箔《きんぱく》の題字。中身の古びた羊皮紙は毛羽立《けばだ》っていて、文は古代文字で描かれている。

「赤の勇者の物語！」

「ええ、その原本の翻刻版《ほんこくばん》です。昔、姉さんが読んでくれて、そしてボクにくれたものです。古代文字で描かれているので、今は魔法の触媒《しょくばい》として使っています……覚えていますか？」

「うん！　懐かしいなあ」

「……そうですか」

頷《うなず》くと、リールは本を懐に戻して呟《つぶや》いた。

「覚えているのなら、それでいいです」


これから数日、あるいは数週間を過ごすことになる迷宮一階層の広間には、キャンプのような用意が設《しつら》えられた。魔法でジュナの付き人の水袋に水を入れているリールを眺めつつ、そろそろ名前を聞いたほうがいいのではないだろうかと考えながら、エリーゼは誰にともなく訊《たず》ねた。

「二階層とか、下の階層の探索はしないの？」

「誰がするかい！　ただでさえ、こんなところで神経すり減らさなきゃならないってのに！」

先ほどのことがあってからエリーゼから顔を背《そむ》けていたジュナが、声を荒らげた。やっと顔を見合わせることができて、エリーゼは微笑む。それを見て、ジュナは再びむすっとした顔をして視線を逸《そ》らした。

肩を落とすエリーゼに、タイターリスが言葉をかける。

「そういえば、お家の人が許したのか、こんなクエスト」

「――ああ、普通の親は心配するかもね。でも、うちは平気だから」

「ハイワーズ家って、色々とすっごいよなー」

「もしかして、タイターリスが集合に遅れたのは親御さんに心配されたからなの？」

エリーゼの問いに、タイターリスは虚を衝《つ》かれたような顔をした。ギルドランクDとはいえ、タイターリスは十九歳。エリーゼの兄ステファンと同い年で、エリーゼの前世の基準で言えば成人していない子供である。

親はタイターリスのクエスト参入をどう思ったのだろう。エリーゼが考えをめぐらしていると、タイターリスは苦笑しながら答えた。

「ま、そうなんだよ。うちの親は頑固でさ。いつも世話になってる人にまで反対されたから、ちょっと遅くなった」

「タイターリスって、愛されて大切に育てられたって感じがするかも」

「愛されてたかどうかはわからないけど、跡取りとして生まれたから大切にはされたかもな。だけど、それはエリーゼちゃんもだろ？」

「そうかな？」

エリーゼは、タイターリスの言葉を噛みしめるように微笑んだ。この世界に生まれてから、愛されたり大切にされたりした覚えはない。タイターリスにはそう見えたというのなら、それは前世の記憶のおかげだろう。エリーゼがにこにこしていると、タイターリスも笑った。

「迷宮組に回されたってことは、実質逃がされたようなもんだって話しただろ？　だから説得できたよ。この間は悪霊が迷宮に現れたみたいだけど、本来そういうことはないんだ。悪霊には悪霊のなわばりってのがあるみたいで、迷宮には基本的に寄りつかないものなんだよ。その上、精霊に近しい俺とエリーゼちゃんがいる。エリーゼちゃんと魔法使いは貴族の家の子だし、ギルドマスターも配慮したんだよ」

「そのおこぼれに預かれて光栄、って、あたしらは感謝しなきゃならないわけだ」

「ジュナさん、もうエリーゼちゃんを許してやってくださいよ。平時ならともかく、今は緊急クエスト中なんだから。会話くらいまともにしてください」

「お嬢ちゃんに怒ってんじゃないのさ。あたしは自分のバカさ加減にイラついてるんだよ」

「どうしてですか？」

首を傾げたエリーゼを見て、ジュナは舌打ちした。

「お嬢ちゃんも冒険者だってことを忘れてた自分が腹立たしいのさ。一般人がするような反応を、無意識のうちに期待してた。同情して悲しんだり、義憤《ぎふん》に駆られて怒ったり……だけどお嬢ちゃんは笑った。何が理由かなんて知らないが、立派な冒険者《クズ》らしい反応だ。それが悪いって言ってんじゃない。むしろ、あたしはあんたをやっと仲間だと認められる気がしてる」

きょとんとしているエリーゼの顔を確認して、ジュナは深い溜息《ためいき》を吐《つ》いた。

「その顔が悪いよ。なんだい、人畜無害です、争いなんて怖いです、家族に愛されてぬくぬくと生きてきました、って顔して。そんな顔で人の不幸を笑い、襲ってきた魔物を即座に返り打ちにして、初めての怪我に泣きも喚《わめ》きもしないなんてね。とんだ詐欺師《さぎし》だよ」

「えっと、貶《けな》されてますか？」

「褒《ほ》めてるんだよ。あんたのそれは立派な武器になるね。暗殺向きだ」

本当に褒められてるのかな……とエリーゼは一人ごちた。ジュナは気を取り直したように笑った。

「その顔で迷宮や魔物、血なまぐさい冒険にしか生きる意味を見つけられないなんて、あんたは本当に面白い娘だよ」

「そうですか？」

「そうさ。あんたが笑ってた時の坊やの顔を見たかい？　自分の存在は、あんたにとって生きる意味になっていなかったのかって、心底落ち込んだ顔をしてただろう。あれは見物《みもの》だったね。あんたが関わると、魔法使いもかたなしだね、エリーゼお嬢ちゃん？」

にやにやと笑うジュナの言葉にハッとして、エリーゼはリールを見やった。一瞬視線が交差したが、すぐにリールに逸《そ》らされた。エリーゼが何か言う前に、リールが声をあげる。

「気にしていません」

「でも」

「姉さんがそういう人だってことは、何年も前からわかっていますから」

「そういう人って、どういうこと？」

戸惑った表情を見せるエリーゼに、リールは苦い溜息を吐いてから言った。

「貴女は、誰に何を言われても傷つかない。それは貴女にとって、誰もがどうでもいいからなんでしょう。そのどうでもいい人間の中に、ボクも入っているのかいないのか」

「誰もがどうでもいいとか、そういうのはよくわからないけど、リールは絶対に入ってないよ！」

「どうでしょうね」

リールは突き放すように言ったあと、声のトーンを変えて続けた。

「姉さん、ボクにこの絵本をくれた時、貴女が言った言葉を覚えていますか？」

「何か言ったの？」

エリーゼは眉根を寄せた。リールが古代文字を読めるようになった頃、エリーゼは庶民の子供の家庭教師として仕事に出ることが多くなった。リールが退屈しないようにといくつか本を与えた中の一つが、その絵本だった。

（私、何か言ったかな？　――リールがこんな顔をするようなこと）

頭を抱えて唸《うな》るエリーゼを見て、リールは首を振った。

「別に、思い出さなくて結構です」

「だけど」

「いらないと言っているでしょう」

低い声できっぱり言い、リールは広間の横にある細い道を進んでいった。その奥から爆発音と獣の断末魔が聞こえてくると、ジュナが腹を抱えて笑い出す。

「あは、はははは！　こんな時に仲違《なかたが》いするなんて、姉弟揃って大物じゃないか！」

「笑いごとじゃないんですけど！　ジュナさんのせいですよ!?」

「自業自得だろ。引っ掻《か》きまわしたのはあたしだけど……これは仕返しだよ、エリーゼお嬢ちゃん。それに」

心からおかしそうに、ジュナは言う。

「魔法使いの言ったことは事実だろう？　あんたは魔法使いに対して、可哀想だとか申し訳ないだとか思ってるみたいだけど、それで終わりだ。親身になってあの子を悲しませたことを心底悔いるような思い、全然持ってないんだろう？」

「そんなこと――」

ない、と口から出てこないことにエリーゼが愕然《がくぜん》とするのを見て、ジュナはますます笑い転げた。

「酷《ひど》い姉がいたもんだねえ？　可哀想な弟もあったもんだよ。これが家族だっていうんだから、世も末だ。だけど世の中こんなもんさ。そうだろう？」

涙目で睨《にら》みつけるエリーゼの肩を気安く抱き、ジュナは琥珀色《こはくいろ》の目を細めて微笑んだ。

「あんたとは良い酒が飲めそうだよ、エリーゼ」

夜、エリーゼたちは交代で番をすることになった。今はエリーゼとジュナが起きている。【気配察知】を敏感にしておくためという口実でジュナが勧める酒を断ったあと、エリーゼは物思いに沈んでいた。

前世では、家族仲はよかった。家族だからそれなりに色々あったが、最後には折り合いをつけてまとまった。「熱を出して動けない」というメールを送ったら、共働きの両親が即座に家に帰ってきてくれたことを思い出す。自分も、どんな用事があっても家族が大変な時には必ず力になろうと思った。

（あれが思いやるってことなら、私はそこまでリールを思いやっていないのかもしれない）

エリーゼは隣で寝ているリールを見下ろした。寝床の位置について議論した結果、エリーゼの左隣にはリール、右隣にはジュナがいる。リールが未婚の若い女性であるエリーゼのためを思い、そういう配置にしてくれた。

「それなのに、私は……」

「まだ悩んでんのかい？　いい気味だ」

頬《ほお》を火照《ほて》らせたジュナが、笑いながら酒のボトルを傾けて焚《た》き火に一滴落とした。

迷宮の壁は、ほの青く光っている。それだけで明るさは申し分ないが、焚き火があると安心した。アルコール度数の高そうな酒を落とされて燃え上がった炎を見つめながら、エリーゼは呟《つぶや》くように言う。

「私って、そんなに薄情な人間に見えます？」

「大いに見えるよ。冒険者としては良い資質だ。腕さえ磨《みが》けば、いい線行くね」

「それはいいですね。剣の練習をしなくちゃ」

「暗殺方面の資質だよ。短剣の扱い方と、傍目《はため》からは持っているように見えない隠し方を学びな」

「えー」

不満の声をあげたエリーゼに、ジュナはおかしそうに言った。

「なんだい、嫌なのかい？」

「かっこよくないですよー。もっと主人公っぽいのがいいです」

「勇者とかかい？　やめておきなよ。あんなのは精霊に選ばれた真の勇者とやら以外、全部捨て石みたいなもんだ。精霊に好かれているらしいあんたが、選ばれた勇者だってんなら話は別だけどね」

「……それは、きっとないですね」

「あたりまえだろう」

絞《しぼ》り出すように言ったエリーゼの言葉に、ジュナは疑問の余地はないとばかりに断言した。肩を落としたエリーゼを見て、ジュナは眉根を寄せる。

「勇者なんて、崇《あが》められるだけ崇められていいように使われる、ただの生贄《いけにえ》でしかないだろうに」

「それはそうですけど……私だって面倒なことは、ごめんです」

でも、とエリーゼは囁《ささや》いた。

「勇者だったら、自分に価値があるんだと思えて嬉しいじゃないですか」

「嬉しいもんか。あたしは未来を勝手に決められるなんてごめんだよ」

「勝手に決められるのは、確かに嫌ですけど」

エリーゼは唇を尖《とが》らせて言った。

「生まれてきた理由がないのなら、生きている意味がないと思いませんか？」

「生まれた理由やら生きる意味やらなんて、他人に聞くもんじゃないだろ。勝手に探しな」

そっけなく言ったあと、ジュナは困ったように焦げ茶色の髪を梳《す》いた。

「……よくあるガキの悩みだけど、あんたの場合、それなら死ねばいいやと簡単に言い出しそうなところが怖いねえ。エリーゼ、くれぐれもこのクエスト期間中に自殺すんのだけはやめてくれないかい？　血は悪霊を呼び寄せる。あたしは迷宮の発生を食い止めたいとは言ったが、自分の手でやらなくちゃ気が済まないとまでは思ってないんだ」

「死ぬのは嫌だと思ってますよ」

「どうだか」

本当のところはわからないと言いたげに鼻で笑ったジュナに曖昧《あいまい》に笑い、エリーゼは俯《うつむ》いた。

(生まれてきた理由がないのなら、あの時死んだ意味も、ないってことになる)

エリーゼは前髪をくしゃりと掴んだ。

「死にたくはないです。ただ――」

不意に言葉が途切れる。代わりに、彼女の口から吼《ほ》えるような大声が飛び出した。

「起きろ！」

その声も口調も、エリーゼのものとはとても思えないほど荒々しいものだった。リールもタイタ―リスも、その場にいた全員が跳ねるように飛び起きる。エリーゼはその次の一瞬の間に、必要な言葉を全て言い切った。

「リールは前に、タイタ―リス、ジュナたちは後ろに跳べ！」

寝ぼけ眼《まなこ》で辺りを見回していたリールたちの身体は、操られるようにエリーゼの言葉に従った。エリーゼの身体も、彼女自身が何かを考える暇《いとま》もなく、リールの外套《がいとう》を引っぱり前へと転がる。

次の瞬間、迷宮が揺れた。

「姉さん！　掴まってくださいっ」

エリーゼが先ほどいた場所に、迷宮の天井から落ちたとは思えない尖った岩が突き刺さった。転がったまま動けないエリーゼの腕を掴み、リールが強引に立ち上がらせる。迷宮は揺れながら、天井から鋭利な岩を次々と落としていく。まるでパズルのように規則的に埋まっていく隙間を見ながら、リールは愕然《がくぜん》として言った。

「迷宮が作り変わってる……っ」

「ぼさっとしてるんじゃないよ、魔法使い！」

埋まりゆく壁の向こうから、ジュナの声が響いた。辛うじて開いていた天井近くの隙間から一抱えの荷物が放り投げられ、リールは受け取った。

「こちらはあたし含めて四人無事！　あんたたちはそれで凌《しの》いで、なんとか脱出しな！　こっちからも一階層を攻略――」

がちゃん、という金属めいた音を最後に隙間が埋まり、向こう側からの音が途絶えた。広間だった場所は、完全に二分されていた。

「……出口、あっちにあったよね」

「来た道が、もはや出口に通じているか怪しいものですが。姉さん、魔物の気配は？」

「ないよ」

エリーゼの言葉にうなずくと、リールは受け取った荷物の中身を点検した。

「食糧は三日分あります。幸い、ボクたちがいたのは一階層だ。ボクたちが二人パーティだという
ことを差し引いても、攻略に三日かかることはないでしょう」

「そっか、よかった」

「怪我はありませんか？」

「大丈夫」

「そうですか……ありがとうございます」

礼を言われる理由がわからず目を丸くしたエリーゼに「姉さんの恩恵《ギフト》のおかげでしょう」とリー
ルは断言した。

「おそらくは【警告】という恩恵《ギフト》。ボクたちへの【警告】は、ボクたちの身体を操るほど強力でし
た。ランクが高い恩恵《ギフト》には、ある種の魔法のような効果があると聞いたことがありますが、実際に
体験したのは初めてです」

「何にしても、みんな無事みたいでよかったね」

ほっと息を吐いて、目の前の音も通さない壁を見やる。ぼこぼことしているその壁は、よくよく
見れば、繋ぎ目が溶けるようにして接合されていく。

「これからどうする？」

「とりあえず、寝てください」

「え？」

「疲れたでしょう。恩恵《ギフト》は元は精霊のものですから、有用なものほど人間が使うと精神を消耗すると言います。慣れない寝ずの番をしていた姉さんには、きつかったのではありませんか？」

そう言われると途端に眠気が襲ってきて、エリーゼは目を見開いた。

「早く出口を探したほうがいいんじゃないの？　生き埋めになったら困るよ」

「迷宮はどんなに複雑なものでも、必ず出口に繋がっているんです」

「そうなの？」

「だから迷宮というんですよ。出口が見つからなければ生き埋めも同じですが。迷った人間はどこかに必ず存在する出口を求めて、彷徨《さまよ》い続けることになる」

「そういう話、読んだことある気がする」

「赤の勇者の物語に、そういう話がありますよ」

膝から力が抜け、崩れ落ちるように横になったエリーゼは、重い瞼《まぶた》をこじ開けるようにしてリールを見上げた。

「私、その本をあげた時、リールに、何言ったの？」

「もう、別にいいじゃありませんか」

「よくないよ。……リールのこと、好きだよ」

仰向けに横たわりながら、ぼんやりとかすむ視界の向こうでリールが苦笑したのを感じ取る。エリーゼは眉を寄せた。

「本当だよ」

「はい。ありがとうございます。……そう言ってもらえるだけでいいですよ。さっき逃げる時、姉さんはボクを引っぱってくれた。それだけで十分です」

だけど、とエリーゼは呟《つぶや》こうとしたが、もう口が動かなかった。

お母さんが席を立った隙《すき》に、カレーライスに尋常ではない量のタバスコとトウガラシを振りかけた。お手洗いから帰ってきたお母さんは、真っ赤に染まったカレーライスを見ると顔を強張らせた。けれど、何も言わずに水を飲みながら最後まで食べてくれた。

高校生活を渋々開始して、一週間後の出来事だった。

「――姉さん、起きてください」

「うん……？」

寝返りを打とうとして、お尻の骨をごつごつとした岩肌に擦《す》ってエリーゼは呻《うめ》いた。そんなエリーゼの腕を掴んで引っぱり上げながら、リールは声を潜めて言う。

「そろそろ行きますよ」

「あ……うん」

「いつまでも眠そうな顔をしないでください」

「夢、見てて……」

差し出された水筒から水をひと口飲みながら言ったエリーゼに、リールは顔をしかめた。

「幸せな、夢でしたか」

「すごくね」

へらりと笑ったエリーゼを、リールは睨《にら》みつけるように見返した。目を瞠《みは》ったエリーゼから視線を逸《そ》らして荷物を背負うと、リールは足元にあった小さな焚《た》き火を踏み潰した。

「姉さん、前にボクに言ったこと、知りたいと言っていましたよね」

「え？」

「ボクにこの絵本をくれた時に姉さんが言った言葉です」

「うん。すごく気になるよ」

「教えてもいいですよ」

その代わり、と続けたリールの言葉に、エリーゼは顔を強張らせた。

「『お母さん』って誰のことだか、教えてください」

「え――」

「幸せな夢を見ていたと言ったでしょう。姉さんは寝言で、『お母さん』と言っていました。母上のこと、姉さんはそう呼ばないでしょう？　夢に見るほど慕《した》ってもいないはずです」

責めるように言うリール。一緒に歩き始めたが、エリーゼの足は重くてリールと並ぶ気にはなれなかった。つかず離れずついてくるエリーゼを振り返らずに、リールは続けた。

「姉さんはよく、寝言で帰りたいと言って泣きますよね」

「うそっ」

「嘘じゃありません。大きくなってからは寝る部屋が別々なので聞いていませんが、貴女の中にはボクの知らない家族がいるようですね」

背後からリールの暗い表情を覗《のぞ》き見て、続く言葉に不安を覚えた。

「それだけなら、別に良かったんですけどね。ボクも父上や母上に、兄上たちほどの思い入れがあるわけじゃありません。姉さんがどこの誰を『お父さん』と呼ぼうと、『お母さん』と呼ぼうと――何の害もありません。ハイワーズ家にも誰にも、迷惑はかからない」

ですが、とリールは呟《つぶや》くように言った。

「この絵本をくれた時、貴女は何の気もなさそうに……本当にうっかりといった風に。ボクに一通り古代語でこれを読んで聞かせてくれたあと、言ったんですよ」

ざわり、と鳥肌が立ち、エリーゼは自分自身の腕を掴んだ。喉《のど》の奥に、その時言った言葉がせり上がってくる。

「『読み聞かせをするなんて、本当に弟ができたみたいで嬉しい』、と」

乾いた唇を噛みながら、エリーゼは思った。

リールが口にした言葉の甘くて苦々しい味には、覚えがある。

(言ったような、気がする)

まだこの世界に慣れない頃。あるいは辛くて苦しい時。口に出すつもりはなかったのに。

「――あの時の姉さんにとって、ボクは弟ではなかったんでしょう。それを聞いた時、ボクは貴女から離れようと思いました。けれど、それは結局できませんでした」

淡々とリールは訴えた。

「今の貴女が、ボクを弟として認識しているかすら怪しいように思えます。ですがそれでも許します。許して、貴女を守ってここから出ます。ですから教えてください。『お母さん』とは誰のことですか？　そして『お父さん』とは？　貴女は誰のつもりでいるんですか？　いつもどこを見ているんですか？」

目を見開いて硬直しているエリーゼを、霧がかる森のような瞳で見すえてリールは言った。

「何を求めて、どこに向かっているんですか？」

エリーゼは、ぱかり、と口を開いた。リールは眉をひそめて釘を刺した。

「嘘を吐くのは無駄ですよ。姉さんの嘘ぐらい、ボクは見抜けます」

元の世界の両親のことを言う気はない。どうしても、エリーゼはリールにあの世界のことを言う気にはなれなかった。

(リールはこのことを知っても、私の不利になるようなことはしないだろうに)

答えを待ち、歩みがだんだんと遅くなるリールを、エリーゼは意識的に追い抜いた。すれ違うと並ぶことなく離れていったエリーゼに、リールは促《うなが》すように呼びかけた。

「姉さん――」

「リール」

リールの言葉を遮《さえぎ》り、いっそほっとしたような顔をしてエリーゼは言った。

「前方の曲がり角に、気配あり」

「……ボクは姉さんが絵本をくれた時の言葉を、言ったのに」

不機嫌に言うリールに、エリーゼはへらりと苦笑した。

絵本を手に古代語を唱え始めたリールの言葉を、エリーゼは再び遮った。

「待って」

「なんですか。危ないからこちらへ――」

「子供がいる！」

曲がり角から瘦《や》せた子供がふらふらと出てきたのを見て、エリーゼは声を弾ませた。

「行方不明だった子だよね？　よかった、やっぱり道に迷ってたんだ」

「気をつけてください、姉さん」

「一階層には人型の魔物は出ないよ。それぐらい、私だって知って――」

エリーゼはふつりと言葉を切った。右脇腹に衝撃があったからだ。見下ろすと、短剣が突き立てられている。革の腹帯が勢いを殺して、剣先だけが内側の肉へ届いていた。短剣の柄からは、赤い血が滴《したた》っている。

その短剣を握った子供は、ぐしゃりとくずおれた。濁《にご》った赤い目を見開いたまま、永遠に静止する。その身体をエリーゼは見下ろして、頭を踏み潰した。腹には覚えのある熱を感じる。

次の瞬間、エリーゼの視界は闇色に塗り潰されていった。

「姉さん……!?」

迷宮を彷徨《さまよ》ううちに正気を失った瀕死の子供が、死に際に視界の中で動いたものを警戒心から反射的に攻撃した。ないことではない。だが、腕の怪我に怯《ひる》みもしなかったエリーゼは、腹を浅く抉《えぐ》られただけで絶叫した。

彼女は不意に声を途切れさせ、すぐにあたりは静まりかえった。恐怖に満ちた叫びが途絶えたことにほっとしながらも、リールの不安は拭《ぬぐ》えなかった。エリーゼは凍りついたように、その場から動かない。

「姉さん、もう大丈夫です。傷の手当てを――!?」

その攻撃を、リールは咄嗟《とっさ》に避けた。エリーゼは自らの腹を抉った短剣を握り、彼にその切っ先を向けている。

切っ先はぐらぐらと揺れていた。エリーゼの身体が小刻みに震えているのが見てとれる。小さい声で何かを呟《つぶや》いているのが、助けを求めているように聞こえて、リールは唇を噛みしめた。

「昔、何があったのかは知りません、ですが、今はボクがいます。落ちついてください」

リールが近づくと、エリーゼは短剣を振るう。リールは彼女が落ちつくのを辛抱強く待った。

エリーゼの身体の震えがおさまっていく。同時に短剣を持つ手から力が抜けるのを見て、リールは再び口を開こうとした。

その時、ゆっくりと顔を上げたエリーゼの目が、異常なほど血走っているのを見るまでは。

「まさ、か」

エリーゼが短剣を持ち直した。その切っ先からは、迷いが消えていた。愕然《がくぜん》としているリールの腹に向かって、ぶれのない動きで突き出す。リールは無意識ながら間一髪避けた。

「姉さんが、取《と》り憑《つ》かれた――!?」

リールはエリーゼに背を向けて逃げ出した。もしも取り憑かれているのなら、エリーゼは悪霊が囁《ささや》くままに、胸の内に秘めた悪意を振りまくことになる。理性の箍《たが》を外されて判断力も奪われ、身が朽ち果てるまで大地に血を捧《ささ》げ続けるのだ。

「姉さんがボクを狙うのは周りにボクしかいないからか、それとも、少しは姉さんの心に強く残っているからか」

悪霊は、取り憑いた者の感情を激しく揺さぶる。そして同種族への異常な攻撃欲を煽《あお》る。人間が憑かれた場合、その人間は他人の血を求めて暴れるようになる。

エリーゼから離れすぎない程度の速さで逃げながら、リールは乾いた笑いを零《こぼ》した。

「迷宮から出る前に、殺さなくてはならない」

魔法を練り上げたところで、エリーゼには当てられない。悪霊に憑かれていても、彼女は人間であり姉だった。そのエリーゼが魔物に襲われそうになったのを見て、リールは魔物に火の玉をぶつける。そして、迷宮内に響く爆音を聞いてやってきたタイターリスたちと合流した。

彼らはエリーゼから逃げながら、憔悴《しょうすい》したリールから状況を聞きだす。すると、話を聞いたジュナが申し出た。

「あんたがやれないのなら、あたしがやってやるよ」

「嫌です」

「ああん？」

「これで終わってしまうのなら、姉さんの命ぐらいボクのものにしたい」

片眉を跳ね上げたジュナに、リールは噛みつくように言った。

「姉さんはボクが殺す」

「じゃあ、さっさとやんな」

「ですがその前に、他の方法はないか伺《うかが》いたくて」

「あるにはあるが、魔法使いだって当然知ってるんだろう？」

「ボクの知らない方法があるかもしれないじゃないですか」

「賢者の精霊魔法を使うか、自力で身体を取り戻す。この二つっきゃないね」

「やはり、ですか……」

溜息《ためいき》を吐《つ》いてから、リールはタイターリスを振り仰いだ。そしてジュナたちを背に、声を潜めて囁く。

「タイターリス、貴方のお生まれなら、何か他の方法をご存じではありませんか」

「な……お前」

「さすがにわかりますよ。姉さんを人前で抱き上げたりして。血縁者であるボクならともかく、普通の男はそこまで姉さんに触れられない」

エディリンスとして、国家の守護精霊に守られているのだ。万が一にもジュナたちに聞かれないよう更に声を低めて、リールはタイターリスに言った。

「――ボクは姉さんに近づく人間に興味があり、またエイブリー兄上という王家への伝手《つて》があります。だからわかったことです。言いふらすつもりもない。利用するつもりも、これまでありませんでした。けれど姉さんがこんなことになった以上、ボクが貴方を頼みにせずにはいられないこと、ご理解くださるでしょう?」

「気持ちは……よくわかる」

だが、とタイターリスは苦い顔をした。

「悪霊を払う方法なんて、俺にはわからない。悪霊は、悪意を持った精霊みたいなものだ。どうにかするのは至難なんだよ」

「貴方は、精霊の呪い《バッドステータス》を解くための糸口を掴んでいると聞きました。ならば、悪霊についても何か知っているのではないかと思ったのですが」

「……ギルドマスターは、お前にまで言ったのか」

タイターリスは苦笑し、首を横に振る。

「精霊の呪いを解く方法を知っているというのは、本当なんですか?」

そう訊《たず》ねたリールを手招きしてジュナたちから距離をとると、タイターリスは淡く微笑んで言った。

「……俺の今の名前が、生まれた時につけられたものと違うこと、お前はもうわかってるんだよな?」

「ギルドカードにも記載されていますね。精霊が記述するので、偽装工作などはできないはずですが」

「タイターリス・ヘデンというのは精霊がくれた名前だ」

「――その名前が、精霊の呪い《バッドステータス》を解くことにどう役立つんです」

「さあな」

タイターリスは肩をすくめた。

「ただ、どうやって使うかは知ってるよ。この名前には意味がある。俺に【人助け】って恩恵《ギフト》を与えた精霊に対抗できるような、強い力が秘められてる。それがわかれば、俺は解呪《かいじゅ》に一歩近づく。城に賢者を呼んだこともあるが……賢者ですら、解読するのは無理だった」

「古代星語《ルーン》ではないということですか?」

「ああ。さらにその上に、伝説みたいな……古代魔語《ルト》というのがあるらしい。俺が呼んだのは高名な賢者で、それを研究したことがあると言っていた。その言葉の響きと、タイターリス・ヘデンというのは似てるらしいんだ。あくまで『らしい』だが」

「じゃあ、姉さんのことは」

「俺は一介の冒険者のために賢者を呼びつけることができるほどの権限なんて、持ってないぞ。俺自身のことでさえままならないんだ。いつか古代魔語《ルト》を理解できる冒険者と行き会えることを願いながら、そして異種族に会うことに怯《おび》えながら、こうして冒険者を続けているくらいなんだからな」

「――貴方が悪霊に取《と》り憑《つ》かれたことにすればいい」

「精霊に二つ目の名前までもらってる俺に、悪霊が憑くって誰が思うよ？」

足を止めて、タイターリスは振り返った。はるか後方で魔法による爆音が響いている。つかず離れず距離を取りながら、エリーゼに近づく魔物を駆除していたジュナのお付きの男が声をあげた。

「お二人さん、話をしているところ悪いんすけど……あの子を殺すにせよ生かすにせよ、ふんじばっちまいませんか。こっちを見りゃ攻撃してくるあの子を守りつつ、探索を続けるってのは無謀だと思うんすよ」

頷《うなず》いたリールを見て、タイターリスは深く息を吐き出しながら言った。

「迷宮に入ってから約二日、食糧は一週間分……まだ出口は見つかってない。エリーゼちゃんを生かしとけるのは、最長でもあと三日だ」

もう一人の男に押さえつけられ、唸《うな》り声をあげているエリーゼを、タイターリスは遠目に見やった。

「……可能性はある。エリーゼちゃんには精霊がついてる。精霊クエストも持ってるって言ってたからな。自力で回復してくれたら殺さなくって済む。だけど魔法使い、覚悟だけはしておけよ」

「姉さんを殺す覚悟なら、今整えているところですよ」

「それもだが、お前と二人でいて、どうしてエリーゼちゃんのほうに悪霊が憑いたのかわからないんだ。お前が精霊の加護持ちって線もあるが……。エリーゼちゃんが解放されたら、今度はお前やジュナ、俺に悪霊が憑く可能性もある」

「その時は殺してください。貴方が憑かれた時は、何の躊躇《ためら》いもなく殺して差し上げますよ」

「おいおい」

タイターリスは心底可笑しそうに笑った。

「仮にも、俺はこの国の第一王子なんだけどな？」

「姉さんならともかく、貴方が憑かれた場合、賢者を連れてくるまで拘束しておくというのは不可能に近いですから。両手両足をもいでもいいというのなら、まあ考えますけど」

「国を敵に回すのか？」

「姉さんがいなくなるよりマシですよ」

「その覚悟に免じて、何よりエリーゼちゃんに免じて許してやるけど」

歪《ゆが》んだ笑みを浮かべながら、タイターリスはリールの青白い顔をじっと見すえた。

「俺が憑かれた時、お前に止められるとは思わないね。それに俺が真っ先に殺すのは、お前だよ」

「……そこまで嫌われるような覚えはないですが、姉さんを狙わずにいてくださるのなら結構です」

怪訝《けげん》そうに眉根を寄せたリールから、タイターリスは顔を背《そむ》けた。

エリーゼを捕まえたジュナたちが、縄に繋いだ彼女を引きずってくる。タイターリスは、リールの顔を横目で見ながら呟《つぶや》いた。

「お前は、エリーゼちゃんが悪霊に打ち勝つと思うのか？」

「わかりません」

ですが、と答えたリールは泣きそうな顔をしながらも、恍惚《こうこつ》とした光を目に浮かべた。

「姉さんを殺すのはとても悲しいですが……ある種の喜びも感じます。やっと、姉さんを誰にも取られないところへボクの手で連れていけるのだと思うと」

「嬉しくて、ってか——さすがはハイワーズ。王宮内でも、権力はないが敵に回したくないって言われてるだけあるよ」

「何度も言いますが、ボクは姉さんを殺したくありません。できることなら永久に、ずっとそばにいて欲しいです」

「『魂を心臓から抜き取り酢漬けにして瓶詰めにしても』ってやつだな」

「『悪魔の望み』ですね。恐ろしくはありますが共感もします。心から」

「だろうな」

連れてこられたエリーゼは、近寄るリールの足に噛みつこうとした。その頭を、ジュナが押さえながら言う。

「そろそろ飯にしようじゃないか。そして情報交換と今後の方針の決定——それでいいだろう、魔法使い？」

「そうですね、お願いします」

「あたしとしちゃ、やっぱり悪霊憑《つ》きなんてさっさと始末しておきたいんだけどねえ」

リールの視線を受け、ジュナは握り潰さんばかりに力を込めていた手をエリーゼの頭から離した。

「はいはい、だけどそうしたら、今度はあたしが魔法使いに殺されかねないから、あと二日は我慢してやるよ」

「三日です」

ジュナがちらりと目をやると、タイターリスが頷《うなず》いた。苛立《いらだ》った様子で頭を掻《か》きながら、ジュナは言う。

「……はいはいはい。わかったよ。じゃあ三日後の朝までだ」

むっつりと頷くリールを見て溜息《ためいき》を吐《つ》いてから、ジュナは天を仰いだ。

「万が一、迷宮にいるエリーゼが悪霊の肥やしになったら、迷宮が作り変わるなんてもんじゃない。ここは一気に大迷宮化する。あたしたちは、二度と太陽を拝めないよ」

「その前には殺しますよ」

「できるのかねえ、お坊ちゃんに」

「悪霊に姉さんの命を取られるなんて不愉快です。貴女に取られるのも、ですよ」

「取られるほど、ぐずぐずしてんのが悪いんじゃないかねえ？」

「取られる前に貴女を殺す。――お前たち、ジュナを失いたくなかったら、せいぜいジュナの監視に励んでくださいね？　不用意なことをしないように」

首をすくめた男たちを見て、ジュナが怒る。

「本当にね、さっきから邪魔ばかりして、あんたたちどっちの味方だい」

リールは歯を剥《む》き出しにして威嚇《いかく》する獣のようなエリーゼを見やり、目を細めた。

第五章　あの世界には戻れない

通勤前の忙しい時間帯に、母のストッキングを全部隠した。恨《うら》めしそうに睨《にら》みながらも、何も言わずに母は生足で仕事に向かった。

仕事で疲れて帰ってきた父の枕にブーブークッションを仕込んだ。情けなさそうな顔をしつつも怒ることもなくブーブークッションを返してきた。

二人の通勤鞄《かばん》にエロ本を入れておいたら、さすがにこれはやめなさいと叱られた。あとどこでエロ本を手にいれたのかと詰問《きつもん》された。

ごめんなさいと謝った。そして笑った。――刺されるちょうど一か月くらい前の出来事。目の前を通り過ぎていく映像の中で、笑う昔の自分の顔だけが暗く陰っていてわからない。

(私の顔、どんな顔だったっけ――)

ざわりと、二の腕に鳥肌が立つ感覚がした。けれど、腕がどこにあるのかもわからない。闇に溶けてしまった身体の在り処もわからずに、思い出から、目を逸《そ》らすことも許されない。

「もう、いい」

顔のわからない自分が、映像の中で笑う、泣く、怒る、また笑う。エリーゼは叫び出してしまいそうだった。

「気持ち悪い、もう見たくない」

どこかから笑い声が聞こえる。無理やり声質を変えたような、甲高《かんだか》い声。その声からは、嫌がるエリーゼを面白がっているような悪意を感じた。

『そう、昔の君はあまり可愛くなかったんだね』

「うるさいっ、見ないでよ！」

『魂にこびりついた思い出の残滓《ざんし》のせいで、君はとても汚く歪《ゆが》んで見えるよ。僕が取り除いてあげようか』

笑いながら、声の主であるらしい影が、黒くどろりとしたものを滴《したた》らせて、思い出にのしかかろうとした。エリーゼはそれを見て叫んだ。

「やめてよ、触らないで！」

エリーゼの強い声に散らされたかのように、すぐにそれは元の世界の景色から弾かれていった。けれど母の目が、黒いインクを吸いこんだかのように塗り潰されて見えなくなった。

次の瞬間、母の目の形が思い出せないことに気づいて、エリーゼは狂乱した。

「やめて、やめてよ。触んないで、気持ち悪い！」

『ひどい、ひどいよ。触らないでなんて、気分が悪くなる』

甲高い声がくすくすと笑う。鼠《ねずみ》をいたぶる猫のような残虐さを感じ、エリーゼは手ごたえのない闇の中であがいた。自由にならない身体で、昔の自分を庇《かば》うように抱きしめる。

必死なエリーゼを笑いながら、影は長い手を伸ばしたように見えた。エリーゼは泣きながら、その手を力の限り振り払った。すると、白い光の粒が散る。ずるりと音を立てながら、影は身を引いていった。

『……精霊か』

「気が済んだなら、どこかに行ってよ！」

『そうだね、長居はできないようだから、要件だけ済ましておこうか。君は勇者ではないみたいだし』

「――！」

『おやおや、勇者になりたかったのかい？　だけど可哀想に。勇者というのは精霊が選ぶものだからね。選んでくれなかった精霊を恨《うら》むかい？　恨むというのなら、僕が精霊を滅ぼす力を貸してあげようか』

勇者ではない。選ばれた存在ではない。この世界に生まれた意味などない――死んだ意味も。

唇が震えた。言葉がなかなか出てこない。自分は精霊を恨んでいるのだろうか。好きだとは思えなかった。闇色が濃くなる。はっきりわかっていることだけ、なんとか答える。

「うる、さい。いらない、滅ぼしたくなんてない。何もいらないからどこかへ行ってよ」

『そうか、記憶を見られたくないんだね？』

「言わないでよ、何も、嫌だ、聞きたくない！」

『可哀想に』

影は哀れみをたっぷり込めて言った。

『その記憶の少女と、自分が違いすぎることが恐ろしいのだね』

「……そんなこと」

『そうかい？　じゃあ僕の力で、あの少女の顔を見えるようにしてあげよう。嫌だなんてことはないだろう？　そうやって抱きしめるくらい、君にとって大切な思い出なのだから』

エリーゼの腕の中にあった記憶の中の、少女の顔が露《あら》わになり、エリーゼは悲鳴をあげた。今のエリーゼとは似ても似つかない。日本人らしい顔をした少女。髪の毛が黒く、目も黒く、肌の色は薄黄色い。エリーゼの震えは止まらなかった。

『よかったね、似ていなくて。今の君は宝石のように可愛らしい』

怯《おび》えた顔で震えるエリーゼの様子など、意にも介さないように影は笑う。さらに、追い討ちをかけるように言った。

『君は勇者になりたいといったね？　素質がないわけじゃないのだよ。ただ、君の器が昔の魂で埋まっていることが問題なんだね。その魂を、僕が食べてあげる。そうすれば、君は勇者に選ばれるかもしれない』

「やめ……て、やだ、いらないから、とらないで」

『遠慮することはないんだよ。昔の君の魂はとても美味《おい》しかった。さっきほんの少し味見させてもらっただけじゃ足りないよ。その魂がなくなれば楽になれる。忘れられるよ、いらない過去など』

影に顔があったなら、おそらく満面の笑みを浮かべていただろう。

『もう戻れない世界の記憶なんて、邪魔なだけだろう？』

「あんたには関係ないでしょ！」

林を吹き抜ける風のような音がしたかと思うと、光の粒がエリーゼと影との間を通り過ぎる。影は笑いながら身を引いた。

『おやおや、乱暴だね。君の望まないことをするつもりはないのだけれど』

「ここから出てってよ！」

『君が望むのなら、そうしよう』

影が、ふざけたように両手を上げたのがエリーゼにはわかった。泣きながら睨《にら》み続けるエリーゼの視線に、くすくすと笑いながら影は言う。

『上位世界の魂というのは、ここで見逃すのがもったいないほど美味しいのさ。君の心に隙《すき》があって、こうして入らせてくれる今のうちに、食べてしまいたいのが本音だよ。だけど君が嫌がることをしたら、怒る人がいるから仕方ないね』

「上位、世界？」

『遠くて素晴らしい世界のことだよ、可愛いエリーゼ』

声がじわりと低くなる。暗闇が薄くなり、うっすらと影の正体が露《あら》わになっていく。その時、影は歌うように言った。

『精霊もいない、魔族もいない世界なんて想像もつかないな。とても危険で魅力的な魂を持っているのだね。怒られるのは覚悟の上で、食べてしまおうかなあ……なんてね。冗談だよ』

ちらりと見えた影の主の肌はとても白く、冴え冴えとした月光のように美しい。

『時間切れかな。では最後に一つだけ。君のために教えてあげようね』

「何、を」

『リールが、君を殺そうとしているよ』

エリーゼは目を瞠《みは》った。声は楽しそうに笑う。エリーゼの手にある魂の記憶が、血にまみれた最期の場面に切り替わる。

エリーゼとは似ても似つかない少女が刺されて倒れている。血と臓物が溢れ出し、道路を汚す。直後、あたりに響き渡る悲鳴。聞いた覚えもない母の泣き声まで聞こえてくる。

『どうする？　可愛らしい宝石の娘。またあの時みたいに、殺されてしまうよ？』

エリーゼの視界が記憶で埋まっていく。男の舌打ちが聞こえ、相変わらず顔も見えない犯人の影を見つめた。友達は無事だったろうか。舌打ちは犯人のものだろうか。激しい殺意が湧いてきた。

（何か、私が悪いことをした？）

ひやりとするような痛みが腸を抉《えぐ》る。男がくつりと微笑んだ。低くやわらかい声。

『もちろん、エリーゼは悪くない』

「――許さない」

『そう』

烏《からす》の濡羽色《ぬればいろ》の髪をした美しい男は、嬉しそうに相槌《あいづち》を打った。

パーティは広場で野営し、エリーゼの監視と不寝番《ねずばん》を交代で行いながら探索域を広げていた。

リールは不寝番以外のほとんどの仕事をサボってエリーゼのそばに座り込んでいる。

彼は噛みつこうとしてくるエリーゼの歯を避けながら、その髪の毛を梳《す》いていた。

「……あんた、何をやってるんだい」

「先走った年増女が、冒険者同士の約束を破って姉さんを殺さないように見張っています」

「うるさいね！　冒険者らしくなく、うじうじとエリーゼの死期を延ばそうとしてるのはあんただろう！」

「このパーティの主力は、ボクとタイターリスと貴女です。その中の過半数、つまりボクとタイターリスが姉さんを三日生かす案を支持しているんですから、貴女はそれに従うべきだし、従わないのなら死ぬべきです。ただ、死を覚悟して姉さんを襲われても困るので、ボクはここから離れられません」

「タイターリス、一体全体あんたは何を考えてるんだい！」

「すみません。ええと、とりあえずジュナさん、熱いスープでも飲んで落ちついてください」

タイターリスから差し出された器《うつわ》を受けとると、ジュナは不機嫌な顔でちびちびと飲み始めた。

睨《にら》みつけられたタイターリスは、スープの鍋を掻きまわしながら苦笑した。

「俺がエリーゼちゃんに甘いほうの案を支持したのは、彼女を守るためにここに来たみたいなもんだからですね」

「どういうことだい」

「俺のせいで自由を奪われた人が、たくさんいるんですよ。……その中の一人で、今最も生命の危険に晒されているのがエリーゼちゃんでした」

タイターリスはリールにも器を回した。受けとった器に息を吹きかけて冷ましながら、リールは口をつける。それを横目で見ながらタイターリスは言った。

「それに、まかり間違えば、エリーゼちゃんとは結婚してたかもしれないですから」

「つぶ、げほっ！」

「汚ないよ、魔法使い！」

「あはははは！　俺、嘘は言ってないぜ～？」

「っ、こんな時に、悪い冗談はやめてください！」

「義兄さんと呼んでくれても――」

「殺しますよ」

リールに睨みつけられて、タイターリスはへらへらと笑いながら肩をすくめた。

「浅からぬ縁ってやつだな。エリーゼちゃんのことは嫌いじゃないし、できたら生き残って欲しいと思ってるんですよ」

「……エリーゼは、いくら貧しいとはいえ貴族じゃないか。それと結婚ってなると、あんたも貴族ってことかい、タイターリス」

「結構有名でしょう？　俺にそれなりの後ろ盾《だて》がある話」

「そうだね。だが噂《うわさ》だと思ってたよ。――情報料の代わりに、大人しくしてろって意味なのかい？」

溜息《ためいき》を吐《つ》いたジュナは、スープで干し肉を湯がいている男たちを一瞥《いちべつ》してからリールを見やった。

「で、魔法使いは一体何をしてるんだろうね」

「だから、ボクは年増の監視を――」

「そうじゃなくて、そんなにじろじろ眺めてたってエリーゼが回復するもんでもないだろう。声でもかけてやんなって言ってんだよ。何が楽しいんだい、苦しんでるその子を見て」

「楽しいですよ。姉さんがこうして感情を剥《む》きだしにして怒っているところ、見たことがなかったので」

何を怒っているんでしょうね、と歪《ゆが》んだエリーゼの顔を見ながらリールは呟《つぶや》いた。

「悪霊は人の心に潜り込んで、暴くんですよね。羨《うらや》ましいです。ボクもできるものなら、姉さんの心を見てみたい」

「わかった、あんたが何しゃべったところで逆効果だね」

「失礼ですね。ボクほど姉さんの回復を願っている人なんて、この世にいませんよ」

「あんたほどエリーゼを殺したがっている人間もいないと思うけどね。さっきから、触れる場所触れる場所、エリーゼの急所ばかりじゃないか。見てるこっちが寒くなるよ」

「そうでしたか？　気づきませんでした」

こめかみに触れようとしていた手をひっこめると、エリーゼの額がそれにつられるように動いて、地面に額を打ち付けた。リールはくすくすと笑いながら、夢見るように言った。

「このままずっと、姉さんとふたりで迷宮にいられたらいいのに……」

「おいおい、そんなことになったら、俺はジュナさんを支持するよ」

「当然だね。そこでまたエリーゼに転ばれたら洒落《しゃれ》になんないよ。タイターリス、あんた惚れてるから傷つけられないなんて、明後日にでも言い出さないだろうね？」

「悪霊に取《と》り憑《つ》かれたか弱い女の子より、ただの人間である女性冒険者のほうを助けますよ、俺は」

「相変わらず徹底した【人助け】だね」

二人の冒険者にじっと見つめられて、リールは居心地悪そうに身体を揺らした。

「わかっていますよ。ボクは姉さんを殺します。明後日の朝になっても姉さんが自分を取り戻せなかったら」

「急変したら即座に殺す、とも言っておくれよ」

「わかってるって言ってるでしょう。殺す時はボクが殺すんです。姉さんの命は誰にもあげませんからね！」

「誰もいらないよ、そんなもの」

肩に噛みつかれるのも構わずエリーゼを抱え込んだリールに、ジュナはうるさそうに手を振った。

「鬱陶《うっとう》しい姉弟愛だね」

「そうですか？　俺は仲がいいのって、羨ましいなと思いますけど」

「あれが羨ましい仲のよさかい？」

タイターリスは苦笑した。リールはエリーゼの顎《あご》を押さえつけて口をこじ開け、冷めたスープを流しこもうとした。その時、再び迷宮が揺れた。

「またか⁉」

ジュナたちは素早く立ち上がったが、何も起こらない。やがて揺れはすぐに収まった。剥《は》がれ落ちた迷宮の欠片《かけら》を道具袋に適当に放り込むと、ジュナは言う。

「まったく、やっぱり迷宮ってのはいけ好かない――」

「姉さん……！」

ジュナの言葉を遮《さえぎ》るようにして、リールが叫んだ。リールの視線の先には、仰向けに横たわるエリーゼがいる。後ろ手に縛られ、起き上がれないでいる彼女の目は、多少の充血はあるものの焦点は合っていた。ひび割れた唇からは、意味のある言葉が漏れる。

「リー、ル？」

「理性が戻っています。これは悪霊が、姉さんから出ていったということでいいですね？」

「エリーゼちゃんが悪霊を支配下に置いたって可能性もあるんだけどな――」

「姉さんに温かいスープを用意してあげてください！」

「……どちらにせよ、エリーゼちゃんであることには違いないよ」

空の器を押しつけられながら、タイターリスは注意深くリール、ジュナ、男たちの顔を順に観察した。彼らも互いの顔を見て、悪霊の気配を探っていた。喜んでいるようにも残念がっているようにも見えるリールが、エリーゼを縄から解放するのを見やりながらジュナは舌打ちした。

「これで、あたしらは悪霊を取り逃がしたってことになる。ギルドに何て報告するんだい？　適当にでっち上げないと、ヘタしたらランクが下がるよ」

「ギルドマスターには俺が上手く話しておきますよ」

タイターリスはリールに言われた通り、器にスープを注ぎ適温になるよう冷ましていた。

その横で、どさりという音がする。気だるい動作でそちらを振り向いたジュナは、それを見て目を剝《む》いた。

縄を解かれたエリーゼが、馬乗りになってリールの首を絞めている。

「な、エリーゼ、何をやっているんだい！」

腰を浮かせようとしたジュナの腕を、タイターリスが掴んで引きとめた。啞然《あぜん》とした顔で「どうして止めるんだ」と声を荒らげたジュナに、タイターリスは言った。

「……どう思いますか。この状況を」

「魔法使いがエリーゼに襲われてるね！　見りゃわかるだろ？　あたしがそれをどうにかしようとしてるのに、あんたが邪魔してる！」

リールは驚きと衝撃のためか緑色の目を見開いて固まっている。腰を浮かせた男たちを、タイターリスは剣を抜き払って押し留めた。

「なんで邪魔をするんだい、タイターリス！」

「さあ、どうしてでしょうね」

「エリーゼと組んで、魔法使いを殺そうと謀《たばか》ったってことかい？　とてもそうは見えなかったのに」

「仲のいい姉弟に見えましたもんね。俺にも、エリーゼちゃんが自分の弟である魔法使いを殺そうとしている理由はわかりませんよ」

「じゃあ――」

言いかけて、ジュナは口をつぐむ。タイターリスは青ざめていた。彼は暗い顔で微笑む。

「俺は、人間同士が争っていたら弱いほうの味方をします。とはいっても、強いほうだって別に命までは奪わない。異種族同士の争いだったら見て見ぬふりをします。けれど、どうにもならなくなったらどちらも殺します。……殺さずにはいられないんです。身体が勝手に動く。俺を加護する精霊が、殺せと命じるから」

「あの子たちは、人間じゃないのかい？」

険しい顔で囁《ささや》いたジュナに、タイターリスは痛みを堪《こら》えるような顔をして微笑む。

「エリーゼちゃんは、人間ですよ」

ギルドカードを見ましたから、と彼は呟《つぶや》いた。


心臓の音が耳鳴りのように響いていた。突然明るくなった視界の中で、すぐに見つけたリールに手を伸ばした。目の覚めるような赤い髪、暗い森色の瞳に、白い首。

殺されてしまう、とエリーゼは口の中で呟いた。自分に意識のなかった時にリールが言ったことを、エリーゼは覚えていた。

「姉、さん、まだ、取《と》り憑《つ》か、れて」

「取り憑かれてなんかいない」

エリーゼは唸《うな》るように答えた。操られてもいない。誰かに命令もされていない。リールは目を見開いていた。緑の目玉が零《こぼ》れ落ちそうだ。

絞められながらもまだしゃべる余裕のある喉《のど》に、エリーゼは舌打ちした。

「私を殺そうとした。許さない」

「だけ、ど」

「許さない、許さない許さない許さない、誰が許しても私は許さない。どんな理由があったって、私を殺したお前を許さない！」

「ころ、した？」

「——殺されるのは大嫌い」

エリーゼは、腕に体重をかけた。リールは彼女の腕を掴んで、引き離そうとする。簡単にはがされてしまいそうになり、エリーゼは目を見開いた。腹を刺された時と同じ、圧倒的な力の差だ。

「だめ、嫌だ、やめてよ殺さないで」

「姉、さん？」

悲鳴のような声を出したエリーゼに驚き、リールが手を離す。その隙《すき》に、エリーゼは探り当てた脈に掌《てのひら》を押し当てた。みるみるうちに朱色に染まっていくリールの顔を見て、エリーゼは泣きそうな顔で微笑む。

「今度こそ、殺される前に殺してやる」

「殺さ、れ、たことが」

「そうだよ、殺された！　私は何も悪くないのに、何もしてなかったのに！　いきなり、後ろから刺された。ひどいよね、私はただ、家に帰ろうとしてただけなのに」

エリーゼの頬《ほお》に涙が流れた。

「誰なんだろうね。許さない。どんな理由があったんだろう。できるのなら知りたいよね。もう二度と知ることはできないけど――」

「ステ、ファンに、刺された、んですか？」

「すてふぁん？」

エリーゼはきょとんとした。その手の力が緩《ゆる》み、リールが咳《せき》をする。考え込むように、エリーゼは遠くを見つめた。

「ステファンは、別に……あれ？　何度か、殺され……ううん、でもいいの」

再びリールの細い喉《のど》に力をかけて、エリーゼは笑った。

「うつくしいからゆるしてあげる」

「ボク、のこと、は」

「許さない。だって、リールは裏切らないと思ったのに、だから刺されるなんて夢にも思わなかったのに、それなのにリールが私を殺すの？　私のこと殺したかったの？　そう言ったよね。私、聞いてたんだよ。覚えてるよ。私のこと嫌いなの？　またいきなり、後ろから刺されるの？　そんなの絶対に、嫌だよ」

エリーゼは目を細めた。エリーゼの爪が食い込んだリールの首筋には、血がにじんでいた。

「だから、殺される前に殺してやる」

「そう、ですか」

潰されそうな喉で、リールが笑った。手に伝わってきた振動とリールの顔に淡く浮かんだ微笑みに、エリーゼは眉根を寄せた。さらに力を強めようとするエリーゼを見上げながら、リールは途切れ途切れに囁《ささや》いた。

「姉さんが、一緒にいて、くれたのは……本当に、精霊なんて、関係、なかった、ん、ですね」

「……なんで笑うの」

「嬉し、くて」

エリーゼの手首を掴んでいた自分の手から、リールは力を抜いた。エリーゼが目を瞠《みは》る。

「なんで足掻かないの。殺されそうなんだよ？」

「先に、殺そうと、したの、ボク……ですから」

紅潮していくリールの頬。苦しいだろうに、リールは抵抗するのをやめた。遠くで誰かの声が聞こえる。エリーゼやリールの名前を、鬱陶《うっとう》しいくらいに呼ぶ声が。

エリーゼは、目を瞠ったまま呟《つぶや》いた。

「死んじゃうよ」

「い、い」

「死んだら、二度とここに、戻れないんだよ」

「……それ、は、さみしい、ですけど」

汗の玉が浮いたリールの額から、目尻、頬へと滴《しずく》が落ちていく。青ざめた唇が、ふにゃりと弧を描いた。

「姉さんの、信頼、裏切った、ボクが、悪、い、です」

リールの声が、弱まっていく。エリーゼは、震える指でゆっくりと彼の首を絞めながら言った。

「戻れないんだよ。もう二度と、会いたいと思っても――」

会えないんだよ、と、エリーゼはかすれる声で呟《つぶや》いた。目頭が熱くなり、リールの顔がぼやける。涙で滲《にじ》んだ視界の向こうには、遠い記憶だけが横たわる。

「会いたくても、会えないんだよ。会ってもきっと、もう、わからないよ」

父の顔は思い出せる。優しい顔だ。母の顔はもうわからない。でも厳しそうな顔だったのは思いだせる。前世の少女の顔は父に似ていた。一重の目、よく笑う大きな口。物乞《ものご》いをしたことも、魔物を刺し殺したこともない。人の首を絞めたことなんて絶対にない、普通の小さな手をしていた。

(勇者に選ばれて、魔王を倒したら、神様がご褒美《ほうび》に元の世界に蘇《よみがえ》らせてくれるかもしれないとしても)

「変わっちゃった。顔も、中身も、全然違う！」

弟の首の骨が折れる音を今か今かと待ち構えていたエリーゼは、気づきたくなかったことに気づき、慟哭《どうこく》した。

「――もうあの世界には、戻れない」

昔できたことができなくなった。打ち明け話ができる友人も作れない。何かあった時に頼れる人もいない。

昔できなかったことができるようになった。一人でいられるようになった。物乞《ものご》いもできるようになった。魔物を仕留められるようにもなった。もうすぐ、人を殺せるようになる。

「できなくていいことばかり、できるようになる」

「そんな姉さんが、好きですよ」

前世の家族にはきっと受け入れられないだろう今のエリーゼに、リールは微笑んだ。いつの間にか泣いていたエリーゼの手の上に、リールは自分の手を添えた。

「恨《うら》んだり、憎んだりしませんよ。ボクは姉さんを許しますよ」

冷えきっているエリーゼの指に、重ねられたリールの指は温かい。

「全部、ボクが悪いんです。……姉さんは悪くありませんよ」

「悪く、ない？」

「そうです。姉さんがボクを殺したいと思うのなら、きっと、ボクは死ぬべきなんです」

「悪いの、リールが？　リールがいけないの？」

泣きながら歪《いびつ》な笑みを浮かべて手に力を込めたエリーゼに、リールは穏やかな顔をして言った。

「ええ。ボクが悪いんです。だから、存在しないほうが、いいのかもしれません」

「……存在しないほうが、いい？」

エリーゼの脳裏をよぎったのは前世の自分だった。友達といるのが大好きで、よく笑う女の子。友達が本を読んでいたから本を読んだ。友達が勉強をしていたから勉強をした。きっと友達が非行に走ったら、一緒に非行に走っただろう。

だが母親にしっかりと見守られていたから、そんなことにはならなかった。優柔不断で、友達の輪から外れるのを恐れる、ごく普通の女の子。

あの子は存在しないほうがいいから死んだのだろうか。エリーゼの胸がちくちくと痛んだ。

「存在しないほうがいい命なんて、あるの？」

「ええ、あります」

震える声で訊《たず》ねたエリーゼに、リールは即答した。

「唯一ボクを見てくれていた姉さんが不要だと言うのなら、ボクの命は存在しないほうがいいに違いありません」

あっけらかんと言って、リールは微笑んだ。

「だから殺してください。姉さんの手で。ボクが姉さんを苦しめたというのなら。そして、もうボクをいらないというのなら」

「リー、ル」

「大丈夫ですよ。姉さんは何も悪くない。ボクを殺してください。ほら、早く」

赤い唇を弓のような形にして笑うリールの顔は、ぞっとするほど美しかった。

「最後に慈悲をください。誰でもない姉さんの手でボクを殺してください。躊躇《ためら》う理由なんて、どこにもない」

リールは歌うように話す。滔々《とうとう》と流れる言葉が、エリーゼの頭にじわりと染みてくる。浸食されるような感覚に怯《おび》え、エリーゼは身を引こうとしたものの、リールに腕を掴まれ引き戻された。

リールは首を絞めろ、と要求するかのように、エリーゼに自身の首を触らせる。

「姉さんにとって価値のない弟だというのなら、その命を終わらせてやるのも姉さんの義務だとは思いませんか?」

「ぎ、む?」

「そうですよ。大丈夫です。何も怖いことなんてありません。姉さんを殺そうとした弟を殺すだけ。簡単なことです」

「お願い、やめて」

前世の少女が、エリーゼを不安そうに見ている気がした。

その目は、昔自分を殺した影に向けたものと同じだった。

思わず口をついて出たエリーゼの言葉に、リールは心外そうに眉根を寄せた。

「どうして? 姉さんがボクを殺したがったのではありませんか。ボクも気持ちはわかります。そして、ボクは姉さんとは違い姉さんになら殺されてもいいと思ってます。何も困ることなんてない」

離れていこうとするエリーゼの指を掴み、リールは目を細めて言う。

「どうしてそんな顔をするんですか? ボクは喜んでいるんですよ。これまで違う場所にいた姉さんが、ボクと同じものを見て、同じものを感じてくれていると実感できました。ボクを殺して、ボクと同じ場所に来てくれるのでしょう? 姉さんは何も悪くない、悪くないんですから、だから——」

「お願いだから、もう黙って」

瞼《まぶた》の裏で、光の粒が散ったような気がした。先ほど見ていた夢の中で男の手を振り払った時と同じ、美しく白い光。

——リールを失ったら、今のエリーゼを見てくれる人はいなくなる。

すっかり萎《な》えてしまった指で、エリーゼはリールの肩を掴んだ。

「私が悪いに、決まってるでしょ」

あの影が前世の少女にしたように、リールを殺そうとしたのはエリーゼだ。彼女は唇を噛んだ。

記憶の中で幸せそうに微笑んでいる黒髪の少女に、いつか戻れると思っていたのかもしれない。

エリーゼはリールの言葉を反芻《はんすう》した。エリーゼはこれまで、この世界に生きている気がしなかった。

異世界に生まれ変わってしまった日本人の少女のつもりだった。

「リールが悪いなんて、言わせて、ごめん」

「姉さん？　どうしたんですか？　なんで謝るんですか？」

リールは軽く咳《せき》をしながら起き上がると、困惑したように言った。

彼の白い首に浮いたいくつもの赤い爪痕《つめあと》を見て、エリーゼは泣きながら言った。

「存在しないほうがいいなんて、言わせてごめん。いらない命なんてないんだって、教えてあげられなくてごめん」

「そんな綺麗事——」

「綺麗事を信じられなくなるぐらい、寂《さび》しい思いをさせて、ごめん」

リールは目を見開いたあと、気まずそうに口を開いた。

「……これまでずっと、そばにいたじゃないですか」

「そういう意味じゃないの、わかってるでしょ」

エリーゼにとって、ここはずっと異世界だった。不思議で面白くて残酷な、自分とは関係のないもので形作られている世界。リールも、そんな異世界の一部だった。

いつか元の世界に帰る時まで滞在するだけの場所で、この世界を構成する全てはリールを含めてやがてエリーゼとはまったく関わりがなくなる。

そういうつもりだったから、リールに壁を感じさせてしまっていたに違いない。

(それなのにリールにとっては、殺されかけても、私がお姉ちゃんなんだね)

そう思った時、じっとエリーゼに視線を向ける、森色の瞳に気がついた。これまでエリーゼは、こうして自分に視線を向けてくれる人がいることを知らなかった。

エリーゼはリールの手を離させて、彼の上から降りた。一、二歩歩いてごつごつしたところのない地面に座ると、エリーゼは苦笑した。

「これまでリールのこと家族だなんて、多分思ったこともなかった」

目を瞠《みは》るリールから視線を逸《そ》らして、エリーゼは俯《うつむ》いた。

「私にはいつか帰る場所が他にあって、ここは……仮の場所で。リールのことも、私のことを姉と呼ぶだけの近所の子供みたいに、思ってた」

「ええ……知ってますよ」

「だけど、私には他に帰る場所なんてなくて——私の家族はリールなんだって、なんとなくわかった」

「今ごろ気づきましたか？」

責めるように言うリールに、エリーゼは眉尻を下げて笑った。情けない姉ぶりだと思いながら頬《ほお》を掻《か》くと、リールはひとしきり睨《にら》みつけたあと、仕方なさそうに微笑む。

「そうですか。気づいてくれてよかったです」

「ごめんなさい。……リール、もっと怒ってもいいんだよ？」

「別に怒るようなことはありませんでした。ところで、ボクを殺さないんですか？」

「本当にごめんなさい。勘弁してください」

「じゃあこれからは、弟みたい、なんて言わないようにしてください」

「ごめん。そのことなんだけど、まだあんまり実感がないかもしれない」

「十四年も一緒にいて、まだですか？」

リールはおかしそうに笑った。

「では、また十四年一緒にいてみればいいだけの話です」

「ありがとう」

「ですがさすがに、ボクが家庭を持つまでには理解してください」

「……努力します」

うなだれたエリーゼは、握りこぶしを作って誓った。

「私が結婚するまでにはどうにかする」

「嫁《い》き遅れるつもりですか？」

「どれだけ私がわからないと思ってんの⁉」

「期待してないだけです」

リールは真剣そうな顔をして、エリーゼの顔を覗《のぞ》き込んだ。

「本当にボクを殺さなくていいんですか？　顔色、よくありませんけど」

「本当にやめて。弟を殺したら、人として終わっちゃうよ」

「できればボクを殺したいとは思っているってことですかね？　姉さんは本当に殺されるのが嫌なんですね。死ぬのは恐くないんでしょう？　度胸の据わりようから察するに」

「ごめん。なんていうか、トラウマで」

エリーゼは腕をさすった。たとえ血を分けた弟が相手でも、自分を殺そうとするならば息の根を止めたくなる。そんな衝動が血の中を駆け巡っているかのように、身体がぴくりと震えるのだ。

（リールは私を殺そうとなんてしていない。そんなリールを殺したら……私はあの影と、同じだ）

その衝動をなんとか抑え込んで溜息《ためいき》を吐《つ》いたエリーゼに、リールは宣言した。

「姉さんが嫌がるなら、ボクは二度と姉さんを殺そうとしたりしません。たとえ、今度姉さんに悪霊が憑《つ》くようなことがあってもです。どんな時でも、どんな場合でも、何を敵に回しても、殺したりしません。ですからボクを信じてください」

「うん、まあ」

「曖昧《あいまい》な返事をありがとうございます。姉さんは、ボクを殺したければ殺してもいいですよ」

「嫌だよ！　こんなこと、二度とこりごりだよ」

「そうですか？　ボクは先ほども言った通り嬉しかったですけど。姉さんの本音を聞くことができて」

「マゾ！　弟がマゾヒスト！」

「殴りますよ」

リールの言葉に、エリーゼの中の衝動が落ちついた。エリーゼは安堵の笑みを浮かべて、リールから逃げた。

ジュナたちのいるほうを見て、エリーゼはやっと状況に気がつき目を丸くした。

「……何してるの？　タイターリスと喧嘩《けんか》でもしたんですか、ジュナさん」

ジュナはタイターリスに腕を掴まれ、男たちはタイターリスに剣を突きつけられている。そんな状況だったが、ふてくされた顔で気だるそうに拍手しているジュナを始め、緊張感は見られない。

「あんたたちこそ、感動的な姉弟劇を無事に終えたようじゃないか。若さが眩《まぶ》しくて、あたしはもう、見ているだけで胸焼けがしてね」

空いているほうの手で胸を掻《か》きむしるジュナを見て、タイターリスは苦笑しながら腕を離した。そして男たちに突きつけていた剣をしまうと、エリーゼを見て微笑んだ。

「仲直りできたみたいで、よかったな」

「わー……見られてたんだー」

「あたりまえですけどね。なんだか腹が立ちます」

「茶番を見せつけられて腹が立ってんのはあたしたちだよ、魔法使い！」

きい、と頭を掻きむしるジュナと、それを鼻で笑うリールを横目で見ながら、タイターリスはエリーゼの腕を引いて輪から離れた。

「エリーゼちゃん、身体の調子とか平気か？」

「全然大丈夫。私、悪霊に憑《つ》かれてたの？　暴れたりして、ほんとごめん」

「それはもういいよ。そんなことより、どうして魔法使いじゃなくてエリーゼちゃんに憑いたかわかるか？」

「……リールが精霊の加護を持っていた、から？」

「多分それは、不正解だ」

「じゃあ――」

エリーゼは、悪霊に憑かれていた時のことを思い出して顔を歪《ゆが》めた。暗い闇にたゆたっていた時の記憶は、心の中を素手で探られたような不快感に満ちている。

前世の魂が狙われた――というのが一番ありそうだったものの、そのことを言うつもりは無論ない。それとは別に気になることがあり、エリーゼは眉根を寄せて口を開いた。

「あれは私にリールを殺させようとしてたみたいだった。リールが私を殺そうとしてるって私に教えたのが、あの悪霊の……男、だった」

エリーゼの言葉に険しい顔をして、タイターリスは言った。

「エリーゼちゃんに憑いたのは、迷宮を作る悪霊じゃなかったのかもしれないな」

「違う悪霊もいるの？」

「悪霊にも色々いる。迷宮を作りたかったんなら、もっと栄養がありそうな餌《えさ》を選ぶだろう。エリーゼちゃんじゃ、恨《うら》みに恨ませて殺したところで、大した魔力も得られなそうだ。悪霊に憑かれた人間を肥やしに迷宮が生まれるっていうのは偶発的なもので、実際に悪霊に憑かれる人間の数ほどぽこぽこ生まれるもんじゃない。悪霊は地獄——魔界からの使者だ。人の魂を食らったり、惑わしたりして、自分が堕ちた場所に他人を引きずり落とそうとする。そういう悪霊はことのほか多い。今回のは特に危ないやつみたいだから、迷宮が作られたらまずいってことで、こうして緊急クエストが出された。エリーゼちゃんに憑いたのは、また別のやつかもしれない」

「……それが本当だったらやばいな。気のせいだろうけど」

「そういえば、魂をちょっと齧《かじ》られたかも」

「どうして？」

「普通、気が触れるから」

エリーゼには、魂の概念はよくわからない。ただ、齧られたのはエリーゼの昔の記憶だった。だから今のエリーゼは平気なのだろうか。

思考をめぐらして無表情になったエリーゼを、タイターリスは励ますように笑った。

「魔法使いを殺すのを踏みとどまれたんだから、食われたとしても大したことないだろう。だが二度目があるとしたら、今度は絶対に隙《すき》を見せるなよ、エリーゼちゃん」

「いや、いきなりだったから」

「隙を作らされたはずだ。いくら相手が悪魔で、エリーゼちゃんがか弱い人間でも、普通手順を踏まなきゃ他人の魂になんか触れられない。よほど相性が良くなきゃな」

「相性といえば、器がなんとかとか、勇者じゃないとか言われた気もする」

「エリーゼちゃんは勇者になりたかったんだっけ？　だとしたら残念だな。だけど喜ばしいことでもあるだろ？　悪霊は基本的に悪霊の敵だから、エリーゼちゃんが勇者だったら、もっとしつこく憑《つ》いてただろうし」

むすっとしているエリーゼを見て、タイターリスは笑った。

「本当に元気そうだな。じゃあ、本題に入らせてもらうよ」

「うん？　どうぞ」

「エリーゼちゃんの弟は、たぶん人間じゃない」

目を見開いたエリーゼに、タイターリスは低い声で言った。

「俺はあいつが嫌いじゃない。俺が殺してしまう前に、あいつをこの国から出してやってくれ」

「……どうしてそう思うの？」

「エリーゼちゃんは自我があったみたいだけど、凶暴化したのは悪霊を取り込んだせいかもしれなかった。そういう時も、冒険者は念のために殺すもんなんだけど――エリーゼちゃんに殺されそうになってる魔法使いを助けようとしたジュナさんたちを、俺は邪魔した」

「どういうこと？」

「身体が勝手に動いたんだ。人間が、人間以外の種族を殺そうとしているのを妨《さまた》げないように」

エリーゼは息を呑んだ。タイターリスの過去と、恩恵《ギフト》のことを思い出す。

「これまで気づかないふりをしてきた。ちょっとカチンとくるのも魔法使いが生意気だからで、怪我をしようがグレイドッグに襲われようが気にならないのは、そんなクソガキだからだと」

初めて迷宮に入った時、エリーゼは怪我をした。グレイドッグが跳んできた時、タイターリスはリールに向かっていると思ったと言った。だから倒さなかったと。リールもそのことをさして気に留めていなかった。冒険者とはそういうものなのかもしれないと、エリーゼは疑問にも思わなかった。

「だが、ここまではっきりとわかった以上、俺は魔法使いの後ろには立たないほうがいい」

「前に言ってたみたいに、出国を助けてはくれないの？」

エリーゼが不安げに言うと、タイターリスは苦笑した。

「悪い。あいつにはわりと好感を持ってるはずなのに、助けようという気持ちが欠片《かけら》も起こらない」

「わかった」

エリーゼは頷《うなず》いた。精霊の恩恵《ギフト》がどれだけ理不尽で横暴なものか、エリーゼは知っている。タイターリスには抗《あらが》えないのだ。

「教えてくれて、ありがとう」

「俺が教会でこのことを告白する前に逃げてくれ。ジュナさんたちは協力してくれる」

「ジュナさんたちも知ってるの？」

「そうだね。教会に言わないでおくことって、できないの？」

「【人助け】持ちの俺が魔法使いを見捨てたんだ。気づくよ」

「そうしてあげたいのは山々なんだけどな」

タイターリスは泣きそうな顔で笑った。

「聖女オリヴィエは、俺より精霊神アスピルに愛されている。そんな彼女から何かあったかと聞かれたら、おそらく俺は洗いざらい話すだろう。それに俺の中では、魔法使いの種族はある程度予想できている。俺が加護を受ける精霊――精霊神アスピルが最も敵視している種族だ」

「……魔族？　まさか！」

「ずっと遠い先祖が魔族だったのかもしれないな。エリーゼちゃんに憑《つ》いた悪霊の狙いは、魔法使いの肉体からの解放だったんじゃないかってのが俺の予想なんだよ」

「肉体からの解放？」

「魔法使いは、怪我をしても傷が早く治ったりしないだろ？　身体は人間なんだよ」

「そうですね」

いつの間にかすぐ背後にいたリールの声に、エリーゼは跳ねた。その驚き様に呆れたような顔をしたあと、すぐにリールは厳しい顔つきになって、話の続きを促《うなが》すようにタイターリスを見た。

タイターリスはリールの視線を無視するように、エリーゼを見て言った。

「魔族を傷つけるには特殊な力が必要なんだが、それを持たないエリーゼちゃんが肉体を持つ魔族を殺そうとしたら、ただその肉体を壊すだけだ。精神までは殺せない。そして精神体だけのほうが、弱点とも言える肉体がない分強いらしい」

「悪魔払いに見つけられて殺されてしまう前に、悪霊はご親切にもボクを解放してくれようとしたということですか。いざという時には自殺でもしてこの身体から解き放たれてしまえば、逃げ延びることはできるんですかね」

「いや、だめだよリール！　本当に魔族かどうかもわからないんだからね⁉」

「やりませんよ。せっかく姉さんと同じ血が流れてるんですから」

さっきはあっさり殺されようとしたリールなので、エリーゼは怪しむようにじろりと視線を向けた。そんな彼女に、リールはあっけらかんと言った。

「姉さんに殺されるのなら、そこできっちりと生命活動を終わらせるつもりでしたよ。精神体も含めて」

「やめようよ、その姉弟愛！　そこまでの愛はいらないんだけど！」

「愛？　気色悪いことを言わないでください」

「じゃあなんなの」

「気まぐれ？」

「気まぐれで死ぬな！」

二人のやり取りに苦笑しながら、タイターリスはあくまでエリーゼに向かって言った。

「詳しいことは俺にもわからない。勘だからな。言えるのは、あまり時間がないってことだ。――聞いてたか、魔法使い」

「ボクのために話すのは無理だけど、姉さんのために話しているのをボクがたまたま聞くのならいいということですか」

筋金入りの【人助け】ですね、と呟《つぶや》くと、エリーゼの背後に立っていたリールはくるりと背を向けて歩き出した。

「リール!?」

「クエストをやっている場合ではないようですから、ボクはさっさとここを出ます。タイターリスが迷宮に潜っている数日の間に、ボクが国を出ればいいということでしょう。アールジス王国の近隣諸国は、それほど精霊神教を信仰していませんし」

「あ、私も行く」

「姉さんが来てどうしますか。どうせ街から出られないのに」

「見送るくらい、できるから!」

「クエストを放棄したら、冒険者じゃいられなくなるかもしれませんよ?」

「冒険者の地位なんかより、リールのほうが心配に決まってるでしょ!」

「……はい」

はにかんだリールと一緒に荷物をまとめて背負う。同じように荷造りをしているジュナを見て、エリーゼは首を傾げた。

「道案内くらいしてやるよ。この国から出たことがないんだろう、魔法使い？」

ジュナは快《こころよ》く申し出た。

「こんな面白いこと、一枚噛まなくてどうするよ。クエスト放棄と判定されたところで、罰則金を払うくらいの余裕なら、あたしにはあるしね」

「……私にはないです。貸してください、よかったら」

「貴族が平民に金をたかるんじゃないよ！」

ジュナに頭を叩かれたエリーゼと、エリーゼの手を引くリール、そのあとを続くジュナたちを見てタイターリスは声をあげた。

「俺をここに一人置いていく気かよ！　せめて不寝番《ねずばん》が交代できるよう、一人置いてってくれよ」

「じゃ、お前たちは残りな。タイターリスが出て来たがっても、食糧が尽きるギリギリまで引き留めめるんだよ」

「了解です、姐《あね》さん」

頷《うなず》いた男たちを見て、ジュナは「とりあえず」と声を張り上げた。

「全員で、出口までの攻略をやっちまうよ」

「タイターリス、さっさと荷物をまとめてください」

「偉そうだなあ魔法使い！　俺をあんまり怒らせないでくれ！」

「タイターリス、前に出てくれる？　リールの後ろに立たないで」

「……うん。エリーゼちゃんはいいお姉ちゃんだな」

そう言って、前衛を務めるタイターリスが迷宮一階層の魔物をあっさりと退治していく。その剣さばきを見ながら、リールは声を潜めて言った。

「タイターリスと戦いになったら、勝てる自信は正直ありません。ボクが本当に魔族だというのなら、彼くらい一捻《ひとひね》りできてもいいはずですが」

「本当に魔族かどうかなんて、わからないよ」

「ボクが本当に魔族や他の異種族だったら、姉さんは嫌ですか？」

「むしろときめくよね。異種族万歳！」

「……聞いたボクが間違っていました」

溜息《ためいき》を吐《つ》いたリールの横顔を、エリーゼはじっと見つめた。

白い肌と顔立ちは、エリーゼに似ている。だが、綺麗な男の子なのは確かだった。エルフと言われれば、エリーゼはあっさり頷《うなず》いてしまうかもしれない。

リールは懐《ふところ》から絵本を取り出し、呪文を唱え始める。

その彼に寄り添い、エリーゼはこの世界のまだ見ぬものたちに思いを馳《は》せた。

RB
レジーナ文庫 創刊！
創刊号はこの2冊
つくえ
町民C、勇者様に拉致される 1
世界を救う!? めっそうもない！
レジーナ文庫創刊!!
本体640円+税
レジーナ文庫
町民C、勇者様に拉致される 1
つくえ
太陽王と灰色の王妃
雨宮れん
政略結婚から生まれた
輝ける愛。
レジーナ文庫創刊!!
本体640円+税
レジーナ文庫
太陽王と灰色の王妃
雨宮れん
この他のタイトルも続々刊行予定！

山梨ネコ（やまなし ねこ）
2012年よりweb上で小説を連載開始。2013年に「精霊地界物語」で出版デビュー。

イラスト：ヤミーゴ
http://www.asahi-net.or.jp/~pb2y-wtnb/

本書は「小説家になろう」（http://syosetu.com/）に掲載されていた作品を、
改稿のうえ書籍化したものです。

精霊地界物語（せいれいちかいものがたり）

山梨ネコ（やまなし ねこ）

2013年7月31日初版発行

編集－及川あゆみ・羽藤瞳
編集長－塙綾子
発行者－梶本雄介
発行所－株式会社アルファポリス
〒150-0013東京都渋谷区恵比寿4-6-1恵比寿MFビル7F
TEL 03-6277-1601（営業）　03-6277-1602（編集）
URL http://www.alphapolis.co.jp/
発売元－株式会社星雲社
〒112-0012東京都文京区大塚3-21-10
TEL 03-3947-1021
装丁・本文イラスト－ヤミーゴ
装丁デザイン－ansyyqdesign
印刷－株式会社暁印刷

価格はカバーに表示されてあります。
落丁乱丁の場合はアルファポリスまでご連絡ください。
送料は小社負担でお取り替えします。

ISBN978-4-434-18137-5 C0093